亦舒作品

雪肌

亦舒

作品

41

湖南文艺出版社

雪肌

目录

雪肌

壹．

他第一眼看见她就喜欢……

全神贯注蹲在老人膝前温言劝慰，

大眼睛充满同情，这样纯真女孩已不多见……

"我第一次觉得事情奇怪时只有三岁。

"爸妈、哥哥与我到海滩散步，我找到一只大海星，妈妈同我说：'小英，看完了把它放回海滩，它家人等它回家呢。'

"我看到冰激凌小贩，我走近。

"有一家人已经在那里，他们也有一个小女孩，那小孩对我说'你好吗'，我知道她表示善意，我朝他们笑。

"小女孩过来拉我的手。

"妈妈这时叫：'英，别走远。'

"我转过头去：'妈妈，妈妈。'

"不料那家人大大惊异，他们看向我妈妈，又看着我：

'那是你妈妈？'

"忽然，他们像是自觉失言，尴尬地走开。

"为什么，为什么他们看到我妈妈，有那样的反应？

"妈妈叫林茜·安德信，雪白的肌肤、碧蓝双眼、金发，在电视台工作。

"她自莎拉·劳伦斯女子学院[1]毕业，读新闻及政治系，家族在一百年前自爱尔兰移民到多伦多。

"外公姓奥都，经营小小咖啡店，渐渐扩充成一家著名餐馆，叫作'爱尔兰眼睛'，客似云来，许多明星艺人、政客都是常客。

"外公对我与哥哥十分钟爱。"

小英问哥哥小扬："怎么样，开头还过得去吗？"

小扬笑笑："若你还在十一班，我会给你甲。"

"真气馁。"

"你还谨记着小学老师屈臣太太所说：文章开头需有特殊吸引力，叫读者追看？"

---

[1] 莎拉·劳伦斯女子学院：现为莎拉·劳伦斯学院，创办于1926年，创办之初是作为女子学院而存在的。

小英点头。

"那真是过时的写作方式。"

英不服气:"《双城记》第一句是'这是最好时刻,这是最坏时刻',《异乡人》[1]第一句是'母亲今日辞世,或者是昨日',都采取这种写法。"

"他们是一级作家。"

英笑了。

"别理我,别听我,做一个写作人,第一步路就是寂寞的,别管别人说什么。"

"扬,你第一次觉得事情奇怪是什么时候?"

"三岁。"

"同我一样。"

"我不比你笨啊。"他笑。

"你从来没与我讲起是怎么一回事。"

"三岁,上学前幼儿班——"

"是,一切烦恼从那时开始,一与人接触,就会有摩擦。"

---

[1] 《异乡人》:即加缪的《局外人》。

"一个白人男孩骂我:'那是你妈妈? 你倒想,你倒想有一个雪白妈妈!'"

小英恻然,紧紧抱住哥哥手臂。

"我的肤色比你更深,我受到歧视,比你更多。"

"三岁到六岁是最难受的几年。"

"是,一过八九岁,孩子们也学会虚伪,知道当面奚落看低人家是自贬身价的行为,所以都把真实感受掩饰得很好。"

小英微笑:"我从那时开始,在公众场所,不再大声叫妈妈。"

"我也是。"

"狡猾的小兄妹。"

"后来就觉得爸妈真伟大,

小扬取过车钥匙:"不与你说了,我有约会。"

"玩得高兴点,早些回家,莫喝酒,小心驾车。"

"你比妈妈啰唆。"

妈妈出差到英国去了,做一个特辑,访问英国一般市民,看他们对英政府刻意亲美作风的意见。

林茜·安德信在行内已是皇后级人物。

英到国家电视台参观过，由衷崇敬母亲，只见一大班工作人员跟在她身边打理服装、化妆，她一边看新闻稿一边坐下，最后助手喊："三、二、林茜。"妈妈抬起头来，艳光四射，眼睛如蓝宝石般绽出晶光，微带笑容，读出当日头条。

比起妈妈，小英自觉又黄又瘦，真不像妈妈的女儿。

妈妈不是生母。

她与哥哥是安德信家庭的领养儿。

这解释了一般人看到黄皮肤小孩唤白人妈妈时的讶异神情。

妈妈的生活圈子里全是高级知识分子，他们拥有异常的智慧涵养，也拥有与平常人不一样的机心，深沉阴暗。

他们对不相干的事才不会轻易表达意见，看到安德信兄妹，一直亲切招呼问候。

普通人就比较率直。

嘴巴不说，眉毛也扬起，打着一个大大问号。

有些会喃喃自语："伟大，真伟大。"

英幼时不知道特别，她一心以为白妈妈生黄女儿，或是白爸爸养黑小子是天经地义的事，就像一窝兔子，有白有黄有斑点，颜色林林总总，却仍是一家人。

到了十岁八岁，才明白过来，人类血统十分奇妙，根据遗传因子，白妈白爸不能生黄皮肤女儿。

六七岁时英最羡慕雪白肌肤，时时用妈妈的粉搽白面孔，又用黄色毛线结成辫子戴在头上，闹了一年，母亲并不阻止，让她自由成长。

到了十二三岁，升上中学，这种烦恼自然消失，她把乌黑长发的尾梢染成鲜红，比金发更加夺目，她开始接受自己，接受肤色，接受领养儿身份。

林茜那时已经走红，时时出差，每周工作百余小时，顾得了事业顾不了家庭，她与彼得·安德信协议离婚。

小英听到消息哭出声来。

小扬的脸色也好不了多少。

"对不起，孩子们，这不表示父母不爱你们，你们仍是我们至爱，我俩仍然会同从前一般爱护珍惜你们，只是，我们决定分开生活。"

语气平静和气，友好分手。

那番话并非外交辞令，他俩说得出做得到，仍然尽心尽力照顾一对子女。

英与扬功课有问题，彼得·安德信曾经告假一星期在家亲自教他们微积分。

他也是忙人，他打理一家证券公司。

可是学校要见家长，他俩必定出席：运动会、开放日、音乐节……林茜好几次特地自外地乘飞机赶回来参与，从不食言。

家里有保姆璜妮达，煮得一手好墨西哥菜，司机是印裔的赫辛，安德信家如联合国。

英的周记总叫老师惊喜，一次她写赫辛的家乡孟买水灾，她帮他筹款救灾，老师叫她在课室大声读出原文。

英当时说："多难为情，我出了一身汗。"

英的童年及少年生活舒适富裕，备受父母钟爱，应当是一名快乐儿童。

但同时又充满矛盾不安，时时需要克服歧视与不公平待遇。

她自觉不普通。

与小扬一样，他俩早熟，从来不问多余问题。

许多华裔同学皮肤白皙，可是小英肤色略深，带一种蜜糖颜色，又像在阳光中沐浴整个下午，金光闪闪，十分亮丽。

英是外国人口中所谓的神秘美人：细长大眼，尖下巴，嘴唇微肿，黑发披肩，只不过她不穿旗袍或是沙笼，她穿白衬衫卡其裤。

电话响，英赶去听，原来是外公。

"英，来一趟，我做新甜品给你尝。"

英笑："立刻到。"

她驾车到市中心，外公在餐馆外等她。

祖孙拥抱一下。

"有什么好吃的？"

"昨晚大明星李夫斯带了十多个工作人员来用餐，包了一大间厢房，大吃大喝大笑，声震屋瓦，吵得不好意思，又请全场客人喝香槟道歉，结果所有人唱起歌来，我做了一客甜品，当场命名李夫斯巧克力甜心，你也来尝尝。"

外公金发已经掉了八九成，蓝眼却炯炯有神。

英笑："你不叫我来看明星。"

"时间晚了，小孩不宜上街，我替你要了签名照片，电影公司过两日送来。"

外公仍然把她当孩子。

"他们有否给丰厚小费？"

"有，伙计们都很高兴，接下来，整整三个礼拜订座全满。"

"恭喜你，外公。"

外公说："上星期省长在这里与市长喝咖啡，保镖坐邻座，一谈一个多小时，终于站起来走了，忘记结账。"

"有这种事！"

"后来市政所秘书打电话来道歉，说马上派人来付款。"

"你怎么说？"

"我说由'爱尔兰眼睛'请客好了。"

英拍手："好极。"

外公静下来，看着小英："你是好孩子，有你，外公就有笑声。"

"外公。"英紧紧握住外公的手。

厨房端出巧克力蛋糕。

小英并不嗜甜，可是她却把蛋糕吃光光，还拿起碟子，拿到面前用舌头舔干净。

大家见她那样夸张，都笑起来。

外公说："前总理杜鲁多最喜欢吃巧克力蛋糕，一次，有人给他一大块，他笑说：'这叫巧克力死刑。'"

英说："一家甜品店就叫巧克力死刑。"

说说笑笑，大半小时过去。

外公终于垂头："今日是你外婆冥寿。"

"我知道。"小英声音放柔。

"小英，你真乖巧，你看，我们现在这样好，外婆都看不见。"

英把手放在老人手上："外婆一定看得到。"

外公感动："是，你说得对。"

这时有人提着一篮白玫瑰进来，一看，原来是哥哥与他女朋友。

小英很高兴，原来他的约会在这里。

外公忙着招呼他俩。

小英坐窗前看街景。

她几乎在这家餐馆长大，难得外公一早就把小扬与她当作亲生。这家人真是没话说。

她与小扬并没有爱尔兰眼睛，却一样受到钟爱。

真幸运。

半晌，小扬与他的红发女友走了。

外公坐过来："你也回去吧。"

英点点头。

"你爸可有来看你们？"

"每个月都见面。"

"彼得是好人，真舍不得他。"

英改变话题："今晚有几桌客人？"

外公却说："真像是前几个月的事：大雪天，傍晚，他们一人抱一个幼儿进来，说是我外孙。"

这故事英已经听过多次，她微笑。

上了年纪的人总喜欢说：仿佛就似昨天……时间与空间忽然变得模糊，其实是无法接受时间飞逝。

"我先去看襁褓中那个，哎呀，小小一点点，才五磅[1]多，只得十天大，眼睛很亮，褐色皮肤。"

肤色，英伸出双手细看。

"接着，我又去看手抱着的那个，扬比较大，一直笑，他有一头狮子鬈发，可爱极了。"

扬的确有尼格罗血统，但是可能混杂若干欧洲人血统，看上去似南欧人。

"我与外婆即时爱上你俩。"

英微笑看着老好外公。

"从此家里热闹起来，林茜事业又蒸蒸日上，可惜外婆身体一日比一日差……"

英让他说个心满意足。

最后才说："外公，我改天再来。"

老人送她出门。

转瞬间英已是大学生。

外公姓奥都，妈妈原名林茜·奥都，嫁人后随夫姓，

---

[1] 磅：英美制质量或重量单位，1 磅等于 16 盎司，合 0.4536 千克。

离婚后却照旧沿用，仍叫林茜·安德信。

奥都，一听即知是爱尔兰人，安德信不一样，是一个极普通全球化白人姓氏，全无区域性，更加安全。

英读哲学，时时把姓氏问题细细推敲。

哲学一词源自希腊，费罗，是喜爱的意思；索菲，是智能，费罗索菲，即是喜爱智慧，两千五百多年前希腊人已懂得思考之道。

英很喜欢这一门功课，毕业后她准备读教育文凭教书。

至于妈妈的行业，英觉得太耀眼太紧张，不适合她。

妈妈说："英，电视新闻上有许多华裔面孔，你可有兴趣？"

英也注意到，她们都漂亮得不得了，棕发厚粉红唇，一口美式英语。

但是英喜欢平静生活。

看着妈妈东征西讨，只觉钦佩。

上了大学，英与妈妈约法三章，为着维持生活宁静，她决意把妈妈身份保密。

同学偶尔到她家，只说妈妈出差不在家。

有一次，好朋友蜜蜜来吃下午茶："从来没见过你父母。"

英只是含笑。

忽然电视荧幕出现林茜·安德信访问某国会议员，蜜蜜立刻说："我的偶像来了。"

她调高音响。

只听得那议员笑说："林茜，听说你新合约年薪千万，高过国会议员百倍，林茜，我等自惭形秽。"

好一个林茜·安德信，不慌不忙笑着回答："但是，议员先生，你为爱国爱民才奉献自己。"

那议员笑逐颜开。

蜜蜜佩服地说："看到没有，真是我辈榜样。"

英咳嗽一声。

"碰巧你的姓氏也是安德信。"

同学都叫她安德信英，以为她是中加混血儿。

安德信，安是平安，德是美德，信是信用，英是神气。

蜜蜜说："中文煞是美丽。"

"完全正确。"

"你的中文学得怎样了？"

"还过得去，仍不能谈心事。"

"要用母语以外的语言诉衷情，那是不可思议的功力。"

两个女孩子都笑了。

蜜蜜仍然是她要好同学，但不知鼎鼎大名的林茜·安德信就是英的养母。

英到图书馆找资料。

每次都如此：明明找的是一样，忽然看到另一样，立刻忘记原先要找的是什么，全神贯注读起不相干的资料来。

英揶揄自己：旁骛这样多，怎似一个做学问的人。

今日，她突发性坐在一角迷头迷脑读一本传记。

忽然有职员过来低声说："小姐，请你随我出来一下。"

英以为犯规："什么事？"

职员在她耳畔说了几句。

英耸然动容，立刻跟了出去。

只见大堂入口处沙发上坐着一个瘦小的华裔老太太，正在苦恼流泪。

职员说："她坐在那里已有半小时，不谙英语，无法交流，我们有点担心。"

英立刻过去坐到老人身边，用粤语问："婆婆，发生什么事，我可以帮你吗？"

那老人只是饮泣。

英见她衣裳整齐，不像流浪人，正想换一种方言，穿制服的管理员也带来一个华裔年轻人。

那年轻人用普通话问："老太太，你是否迷路？"

老人一听迷路，不禁开口，一边点头一边说："迷路，迷路，不认得回家的路。"

英松口气："呵，是上海人。"

老人说："对，对，我姓王。"

英改用沪语："王老太，你家住哪里？我送你回去。"

职员见他们不住用各种方言试探，每种话都似足鸟语，不知怎么学得会，十分佩服。

老太太像是遇到救星，拉着英的袖子不放。

年轻人说："我去斟杯开水。"

"好主意。"

这时，警员也来了。

英问老人："告诉我，你家住哪条街？电话几号？"

"我住公主街，电话九三八一〇三二。"

这种号码，一听就知是华人家庭：久生发，一定生易，寓意吉祥。

电话拨过去，无人接听，也没有接到录音机上。

女警查过说："附近有三条公主街：玛嘉烈公主路、长公主道，以及历山公主道。"

老人却说不出是哪一条公主路，记得那么多，已经不容易。

女警说："每一条街同她兜一圈，这三条路都是同一区的住宅路，不会太长。"

年轻人斟来一杯温水，小心服侍老人饮用。

英想：这么多人帮她，她一定回得了家。

她站起来："我还有事，先走一步。"

女警笑着拦住："你怎么可以走，这里只有你懂她的语言。"

英也笑了："好好好，我留下来。"

女警说："请上警车。"又对年轻人下命令："你，好市民，你也来。"

年轻人咧开嘴笑，牙齿雪白整齐。

他与英握手："唐君佑，多大电子工程系。"

英说："安德信英，哲学系。"

"英小姐你好。"

"不，我姓安德信，名英。"

女警扶起老太太一齐上警车，王老太紧紧握住英的手不放，十分害怕。

"带我去啥个地方？"

英低声："回家去，今朝你是怎样迷的路？"

她低头不出声。

人老了似足小孩，返老还童。

上了车，她才轻轻说："我与女儿吵架，出门散心，上了公交车，一直载到远处下车，忽然不知怎么回家。"

英点点头。

她脱下外套，罩在王老太身上。

英轻轻问："什么叫长公主，难道还有短公主？"

唐君佑微笑："长公主，即皇帝第一个女儿，读长大的长，不是长短的长，当今英国长公主是安妮。"

"呵，真复杂。"

"你是上海人？"

英笑笑："不，中文是我自己学的。"

"学得真好。"

"你也不差呀。"

女警见他俩因此攀谈起来，微微笑。

英请老人逐户辨认家门。

老人疲倦了，有点糊涂："这一家，好像是，好像不是，门口有樱花那家……"

可是住宅区园子全种着樱花。

英不停拨那个电话。

他们正转往历山公主道，电话忽然有人接听。

英连忙问："你们那里可有一位王老太？"

对方十分紧张："你是谁，我婆婆怎么了？"

女警停下车，接过电话："我是警察，婆婆在我车里，你们家的地址是——呵，原来是公爵夫人路，立刻来。"

若不是打通电话，怕找到明朝还无头绪。

警车立刻驶往公爵夫人路。

一车人都松口气。

王老太一直说："谢谢你们，谢谢你们。"

公爵夫人路比较远，可是也片刻就到。

已经有人在门口等，一见警车，奔出来迎接。

那是一个中年太太，忍不住放声大哭。

身边是她的子女，不住劝慰。

王老太下车来，被她女儿扶进屋里。

那一对年轻男女不住鞠躬道谢。

"请进来喝杯茶。"

女警很高兴完成任务，摆摆手，驶走警车。

英谦逊："举手之劳，何足挂齿。"

那年轻男子说："我叫刘惠言，这是我妹妹惠心。"

英与唐君佑也介绍自己。

"今天认识好几个朋友，真要多谢王老太。"

他们交换了电邮及地址。

"婆婆一失踪我们就四处找，后来才想起应该有人在家等电话，我一进屋就听见吴小姐声音。"

他们都以为英姓吴，这两个字对外国人来说同音。

英也不再解释，礼貌地道别。

刘太太出来送客。

英问："婆婆好吗？"

刘太太又流泪："睡了，像个小孩，老人既可恼又可怜。"

惠言同惠心连忙去安慰母亲。

刘太太却说："惠言，你送两位客人下山。"

惠言立刻取过车钥匙："知道。"

英说："我的车在市中心图书馆附近，送我到那里即可。"

唐君佑也说："我在图书馆还有点事。"

刘惠言说："开头，我以为你们是兄妹。"

英笑了："不，不。"

刘惠言也笑："接着，又觉得你俩是同学。"

唐君佑不出声，这分明是试探他与英的关系。

这刘惠言不怀好意。

唐君佑认为是他先看见英，顿觉不安。

只听得英说："我们也是刚认识。"

车子驶到市中心，唐君佑说："在这里下车好了。"

他替英开车门。

看着假想敌走了，唐君佑松口气："英，去喝杯咖啡好吗？"

英想一想，微笑："为什么不？"

唐君佑大喜。

他第一眼看见她就喜欢：全神贯注蹲在老人膝前温言劝慰，大眼睛充满同情，这样纯真女孩已不多见，许多女同学注视一辆欧洲跑车及它的司机时更为专情。

老人与幼儿？算了吧。

他也喜欢她朴素的白衬衫与卡其裤。

他们挑一张露台桌子。

街角有艺人用小提琴伴奏卖唱。

那是一首多年前的西班牙语流行曲："吻我，多多吻我，永远爱我，永远做我的爱人——"

艺人唱得热情洋溢，唐君佑忽然感动，掏出零钱丢在琴盒里。

英微微笑，她照例沉默。

是春季，咖啡座露台的紫藤花直探到他们脸前，年轻男女成双成对路过，又在他们邻座调笑。

那艺人奏起另一首歌："爱在空气中……"

唐君佑忽然说："你等一等。"

他走到隔壁小店去买了一只纸盒照相机。

"可以吗？"他举起相机。

英又笑："为什么不？"

唐君佑把握时机，替英拍摄照片，又请侍者帮他俩拍合照。

年轻人似有种感觉，知道今日会是很重要的一天。

"告诉我关于你的事。"

英诧异："都讲了，学生，姓安德信。"

"但，你是华裔。"

英不愿多说。

唐君佑立刻识趣："我家是新移民，抵埠不到十年，父母退休前在大学教书，他们此刻在新英伦一带度假，我有两个哥哥，都已婚，一个在澳大利亚，另一个在新加坡，都近着岳父母住，叫家母抱怨。"

英忍不住笑："家里可有猫狗？"

年轻人似要在该刹那一股脑儿把家事全告诉她。

"有一只老金毛寻回犬，已经十岁——"

忽然发觉英在揶揄他，不禁也笑了。

"有没有好好照顾它？"

"做过一次手术，真舍不得。"他怕会露出婆妈之意。

英笑说："你是一个好心人。"

她看看手表，喝完手上的咖啡。

"英，改天可否再约你？"

英对他也有好感，她答："我们通电邮。"

他俩在咖啡室门口话别。

雪肌

贰.

这位女士的名气地位年薪都难能可贵，

但是，最令人敬佩的一点却是对世界的热情。

驾车回到家门，英意外看到有人坐在门前等她。

是另一个年轻人刘惠言。

他一见英便高兴地站起来："家母命我送礼物来。"

他手中提着名贵礼盒。

英一看，是燕窝与鱼翅这些补品。

"太客气了，我妈妈不吃这些。"

刘惠言以为英客套："我妈说很容易做：浸了水，放一点到汤里或是粥里，很滋补。"

"谢谢，进来喝杯咖啡。"

"求之不得。"

"什么？"英转头看着他。

"呵，没什么。"他蛮不好意思。

英请他到会客室，斟上咖啡。

"你家布置清雅。"

英但笑不语。

"伯母呢？"

英回答："出差到欧洲去了。"

刘惠言意外："呵，伯母有那样重要职位。"

英又笑。

"家里只有你一个人？"

英亦不想回答。

刘惠言说："家母叫我来道谢兼道歉：我家没把婆婆看好，麻烦外人。"

"请她不要自责，年复一年一周七日二十四小时照顾长者是十分辛苦的一件事。"

刘惠言叹口气："你虽然是陌生人，但十分明白她的苦衷，婆婆记忆衰退，有时竟误会女儿是她母亲。"

英恻然："也许，她俩长得相像。"

"我见过照片，她们三代的确相似。"

英有点惆怅，她的五官可像生母？她的外婆与她是否相似？通通无从稽考，真是遗憾。

刘惠言见英忽然露出落寞的样子来，不禁纳罕。

是他说错什么了吗？

这时，忽然有人开门进来。

刘惠言先看见一个穿蓝色制服的中年家务助理，她嘻嘻哈哈地与一个健硕黑皮肤年轻人一起挽着食物篮回来。

刘惠言一怔，那黑肤留栗色鬈发的青年是谁？

他高大健硕，穿短裤背心，露出一身肌肉，感觉原始。

只听得他亲热地说："咦，英，你有朋友？"

女佣即说："我去准备点心。"

英连忙说："让我介绍，这是我朋友刘惠言。"

那黑青年伸出手来："我是英的哥哥扬，英与扬，即阴与阳。"

刘惠言完全失态，他一时不知反应，英明明是华裔，怎会有黑人兄弟？

"我要上楼做功课，你们慢慢谈。"

扬朝他们眨眨眼，退出去。

女佣璜妮达切了一盘水果捧出。

刘惠言这时才回过神来。

他想了又想，不知如何开口。

倒是英，大大方方地说："本来妈妈打算叫我们兄妹阴与阳，后来一位中文教授知道了，说那两个字太霸道，故改作英雄的英，扬威的扬。"

刘惠言过了一会儿才说："你怎么姓安德信？"

英忍不住取笑说："因为家父姓安德信。"

刘惠言知道暂时不宜再问下去，他说："英，我们出去走走。"

"今日也累了，我们再联络。"

英送客人出去。

回来时只听见璜妮达叫："鸟的巢、鱼的鳍，华人还有什么不捞出来吃的？"

英笑："璜妮达，说话不得带种族歧视。"

她到楼上去找兄弟。

扬在淋浴，电脑荧幕上亮着的是他正在设计的一个游戏项目。

英敲敲浴室门。

她进去坐在小凳子上。

扬掀开浴帘看了妹妹一眼："客人走了？"

英点头。

"你很少带男朋友回来，也是时候了，妈担心你缺乏社交。"

"他不是男友。"

"可是你对他另眼相看，请他入屋。"

扬穿上毛巾浴袍自帘子后走出来擦干头发。

这时你可以看清楚他的脸容五官，很明显是个英俊的欧非混血儿。

他坐在妹妹面前："刚才他看到我时十分诧异，不过，如果没有惊诧表现，也实在太深沉了。"

"他只是普通朋友。"

"他可有问你为什么姓安德信？"

"我不想解释。"

"他听说过我们母亲的大名吗？"

英不出声。

"他对非裔看法如何?"

英伸出手去推他。

扬笑:"你什么都不说,不是羞耻不愿开口吧。"

英扑上去打他,整个人跳到他背上,搂住不放。

扬大叫,背着她跑出卧室。

璜妮达看见了,斥责说:"孩子们,静一点。"

英这才从哥哥身上下来。

扬穿上背心短裤。

"英,三言两语把家庭背景交代过,开心见诚,岂非更好。"

英想一想:"你说的不是没有道理:'嘿,你好,我叫安德信英,我一出生就被人扔在医院门口,大幸留得性命,稍后被著名电视新闻主播林茜·安德信领养,林茜与丈夫已经离婚,我有一个同病相怜的哥哥,他是黑人,但是他性情豁达,十分乐观……请问你喜欢草莓还是香草冰激凌?'"

扬看着妹妹。

半晌他说:"过来。"

英走近兄弟，扬把她拥在怀中，拍打她肩膀。

"可怜，难为你了，的确很难开口，也不知什么时候开口才是。"

英无奈："你知道就好。"

"华裔始终保守，让我替你介绍男友。"

"我对华裔总有说不出的好感亲切。"

"没人说你是华裔。"

英说："妈知道，不然不会自动送我去学中文，她为什么不叫你学中文？"

"我会呀，你好吗，饺子，真好吃，别客气，再见。"

"了不起。"

扬握住妹妹的手："你一直背着这包袱不能释然，妈很担心，问你可要看心理医生。"

"绝不。"

"如果真的不开心，非得解开这个结不可，你可以寻根。"

"不。"英把面孔埋在双掌之中。

"又是一个不。"

"扬，别误会我，除此之外，我还是一个快乐人。"

"但是身世问题的魅影日夜作祟，你越来越忧郁。"

"我还要写功课，不同你说了。"

"英，无论什么时候，你需要倾诉，我一定聆听。"

"我知道。"

英与兄弟拥抱。

她才打开功课，好同学蜜蜜来找她。

蜜蜜问："注册了题目没有？"

"两次都有重复。"

"最后选了什么？"

"亚里士多德之死。"

"哗，悲哀，英，你老是选此类题目，可是又时时拿甲。"

"你的题目呢？"

"柏拉图式感情可否成立。"

英笑："这像心理科弗洛伊德的问题。"

"弗洛伊德最后一个未能解答的问题是：女人到底要什么。"

英问："你要什么？"

"名同利。"蜜蜜仰起头。

英不出声。

"英，一直有传言说你母亲是个名人，到底是谁呢？两年同学，都未听你提起。"

英想一想："她的确是名人。"

蜜蜜吸进一口气："我知道了，她是婚纱设计师王薇薇。"

英笑着摇头："我妈是一个电视主播。"

蜜蜜惊呼："天呵，是宗毓华。"

"不不，也不是她。"

这两位华裔名人偏巧也有领养儿，可是，两位选的，都是高加索血统的孩子。

"到底是谁？"

"蜜蜜，有机会我一定介绍你认识。"

"英，这些是你要的书本，我还要去儿童医院做义工。"

"这次帮谁？"

"帮小小的麦迪逊做物理治疗。"

英好奇："发生什么事？"

"她左臂天生麻痹，医生将她大腿神经采出移植手臂，希望可以活动，奇是奇在麦迪逊并不知道人类两只手臂都能干活，她只得一臂也很高兴，顽皮得很，时时用右臂拍打医生仪器。"

英不禁恻然。

她与好同学一个帮儿童医院，一个帮老人疗养院。

英喃喃自语："不知道就不觉痛。"

"什么？"

英问："医生应否对绝症病人坦白？"

"当然应该据实告之，好让病人早做准备。"

"那多残忍。"

"我们的确生活在残酷真实的世界里，慢着，英，这是一篇作文题材。"

蜜蜜驾着小小吉普车离去。

英忽然觉得非常疲倦，她靠在大沙发上盹着。

她做梦。

走进一个神秘花园，稠密的树丛，四处都长着不可思议的白色香花，幽香沁人心脾，有人叫她。

"妈妈？"

她追上去。

"妈妈。"越走越深。

有一个苗条的白色身形走在前边，比英高，比英好看。

"妈妈。"她竭力追上。

梦中双脚似被强力胶水粘在地上，极难移动。

终于用力伸出手去："妈妈。"

妈妈转过身子来。

英笑了。

她是金发蓝眼的林茜。

英觉得宽慰，与养母紧紧拥抱。

楼下，璜妮达听见有车子停在门口，知道是主人回家来。

她匆匆开门："安德信太太。"

可不就是鼎鼎大名的林茜·安德信，只见司机赫辛替她挽着公事包与行李，她满面笑容走进屋子。

"小英呢？"第一件事便是问起女儿。

"在房里。"

林茜讶异："她没有表示？"

璜妮达回答："她全忘了自己生日。"

"这孩子。"

"扬到奥都公处取蛋糕去了。"

林茜脱下西装外套，中年的她保养极佳，像那种二十世纪四十年代制成的名贵欧洲跑车，可算古董了，可是售价比新车还贵，眉梢眼角的细纹倍添性格。

这位女士的名气地位年薪都难能可贵，但是，最令人敬佩的一点却是对世界的热情。

当下她轻轻走近女儿卧室，推开房门。

只见少女躺在沙发上，林茜只觉得英与当年第一次在孤儿院见到时一模一样：小小蜜黄色脸蛋，四肢细细，比其他孤儿更加可怜，因为她不哭，也不挣扎，像是认了命。

那时林茜怜惜地过去抱起她，同负责人说："这是我女儿。"

林茜轻轻抚摸英的浓发："女儿。"

英睁开双眼："妈，你怎么回来了。"十分惊喜。

"今日你二十岁生日呀。"

英跳起来："哎呀，我全不记得。"

"我、扬，还有璜妮达早有准备。"

英开怀地笑。

"看我送你什么。"

英尚未拆开礼盒就用双臂紧紧抱住养母。

"这是怎么了，你喜欢在家吃饭还是到外边去？"

"家里。"

"璜妮达也猜到了，她已准备了你爱吃的羊肉巴利多。"

英打开盒子，看见一只金表，表后边刻字：英二十岁生日纪念，爸妈赠，年月日。

英即时戴上。

璜妮达敲门："英，你爸来了。"

"爸！"

英飞奔下楼。

高大英俊的彼得·安德信也特地来看她。

英过去拥抱："爸，爸。"

她叫了又叫，像是想说服自己，她的确有个父亲。

扬捧着大蛋糕回来，一打开，大家都哗一声。

蛋糕做成一只小熊那样，极之可爱，正是英早些时候亲口尝过的那种，奥都公心中一早有数。

他们实在爱惜她。

英把头藏在父亲怀中。

"英一直是这种爱娇模样，使人觉得，没有女儿，真是遗憾。"

扬笑说："幸亏我一直不吃醋。"

林茜拉着英与扬的手："你们两个都好。"

彼得说："说起来，真得感谢这两个孩子，给我们带来许多欢乐。"

扬腼腆："哪里有爸妈说的那么好。"

林茜接上："烟酒全不来，从未试过用毒品，不开快车，勤学——"

英加一句："就是女朋友多一点。"

扬过去拗妹妹手臂。

"当心妹妹手细！"

璜妮达问："一家人打算什么时候吃饭？"

"就现在吧。"

彼得开了香槟。

林茜说到工作上奇事趣事，大家听得津津有味。

"从前提到外交辞令，即表示说话圆滑，今日也没有这种事了，由美国人倡新，明刀明枪：不是友人，即是敌人，前些时刻美驻渥京[1]大使高调斥责加国无情无义：'在同样情况下，美国一定会尽一切能力协助加国，但是加国却令美国失望沮丧，加国应当反省。'加国议员反省之后说：'×你，美国人。'"

英骇笑。

过片刻，她问母亲："你与爸真的再也不会走在一起了吗？"

林茜微微笑："我们仍是朋友。"

这两个洋人真正做得到。

饭后彼得先走，扬回到书房，林茜陪女儿聊天。

"女儿你仿佛有话要说。"

"没有呀。"英赔着笑。

"你有心事。"

"没有事。"英否认。

---

[1] 渥京：渥太华，加拿大首都，华人简称"渥京"。

"女儿，我们一向无话不说。"

这是真的。

"英，你快乐吗？"

英想一想，据实回答："我非常快乐。"

林茜把一个小小木盒子交给她。

"这个盒子里的文件，有关你的身世，你看过了，还给我。"

"啊。"

英轻轻打开盒盖，里头有几张照片，都是在孤儿院拍摄的一岁左右的她，衣衫褴褛，秃头，脸上有疮，瘦且丑。

养母把她抱回养到今日，真不容易。

盒里还有领养文件，却用英文写成。

英大为惊奇。

"咦，我不是华裔吗？怎么文件上写着美国纽约——"

"你与扬，均在纽约领养。"

"原来护照上美国出生资料属实！"

林茜笑："护照上资料当然百分百真实。"

"我并非领养自中国？"

"是纽约皇后区圣德勒撒孤儿院，那时你一岁大，却不会走路。"

"我到底自哪里来，我究竟是否华裔？"

英忽然悲恸，落下泪来。

林茜坚定地告诉她："你自我家来，你是我女儿。"

英扑在养母怀中。

自幼她只知道这个母亲，林茜用的谷中百合香水对她来说最熟悉不过，幼时抓着林茜的凯斯咪[1]毛衣一角悠然入睡……

有这个母亲已是天下最大福分。

"如果我也是雪白肌肤就不用想那么多。"

"女儿，你如果要去寻找生母，亦是时候了。"

英把盒子盖上，还给林茜，坚决地答："不。"

"奇怪，扬也是那样说。"

英破涕为笑："扬是我好兄弟。"

"扬说，彼得与林茜·安德信是他唯一父母亲，他不想再提此事，他前途光明，有许多事需要努力。"

---

[1] 凯斯咪：即 cashmere，山羊绒。

英称赞："好男子。"

"盒子我先放着，文件上有线索。"

"谢谢你，妈妈。"

"这些年来，我一直忙工作，许多事并没有亲力亲为。"

"每次我站台表演唱歌跳舞，你一定会在台下观看，还有家长会、毕业礼也少不了你俩。"

林茜微笑。

一次自飞机场赶回，计程车居然抛锚，她无奈截住辆警车，央求警察载她一程，警察紧张："安德信小姐，第三初中出了什么事？"她及时赶到看英朗诵莎士比亚的马克·安东尼祭恺撒词。

数十年赶得气喘。

今日明明可以退休，可是，退下在家干什么？

若打着毛衣看着天色等孩子们回来，他们永远要到天亮才会出现……

转眼间英已经二十岁。

身世不明的她只拥有一张领养文件，正确出生年月日也不清楚，只凭体格检查往回推算。

　　但这一切也不会妨碍英成为一个成功愉快的人。

　　"妈，你没有换衣服可是还要出去？"

　　"我要去美首都华盛顿。"

　　"那神经汉又有什么话说？"

　　"下一届总统选举将临，华府举办许多筹款晚会，我们三母子一齐去参加化装舞会如何？"

　　"那么远跑去参加一个舞会？"

　　"来，陪妈妈一起去。"

　　"化装舞会，扮什么？"

　　扬忽然在房门口出现："我扮黑奴，妈扮庄园主人——"

　　英问："我又做什么角色！"

　　扬笑得弯腰："你扮林肯。"

　　林茜说："我一直想做埃及妖后。"

　　扬说："妈，我做打扇的侍从。"

　　英说："那我做婢女，先说好了。"

　　林茜说："扮慈禧太后可好？"

　　扬不依："中国哪儿有黑人，我做什么？"

　　英抢着答："有，昆仑奴是黑人。"

母子三人争着讲话，热闹得很。

林茜忽然激动："呵，幸运的我，回到家来，并非冷清寂寞，我有子女陪着我为芝麻绿豆事起哄。"

英握着林茜手："妈，你不如扮自由女神像。"

"那一定很多人做。"

"三个肯肯舞娘，扬，你反串。"

扬说："我知道了，我扮罗斯福，你扮希特勒，妈做丘吉尔。"

"不好，会中一定有许多犹太裔。"

"又不成。"

"最好扮福禄寿三星。"

三人笑作一团。

一家人在一起，又吃得饱，还有什么不可商量的。

雪肌

叁·

有什么事，要早点办，
切勿耿耿于怀留到最后一刻。
真正放不开也不必故作大方。

傍晚林茜出发到华盛顿去了，约好子女周末与她相聚。

英深夜一人打开盒子看着领养证发呆。

扬进来说："我知道了，我做蜘蛛侠，妈扮神奇女侠，你做蝙蝠侠——"

他看到了领养文件。

英抬起头来，一脸无奈。

扬坐在床沿劝说："别想太多。"

英说："妈扮小飞侠，你做铁钩船长，我做叮克钟 [1]。"

"一言为定。"

---

[1] 叮克钟：Tinker Bell，即小叮当，"奇妙仙子"系列动画电影中的主人公。

英垂头："领养纸上什么也没说。"

"你真想知道细节，可以查询。"

"何必呢，都不要你了，扔到医院门口，医院又转送孤儿院，好不容易捡回一条命，又遇到林茜这样的好妈妈，过去就让它过去算了。"

"这样想最好。"

英把头靠在哥哥肩膀上。

她问："黑人，你不想寻回亲生父母？"

"清人，我在安德信家很开心。"

英喃喃说："此处乐，不思蜀。"

"什么？"

第二天一早，她看到电邮，唐君佑找过她，刘惠言也找过她。

这两个小男生都是出身良好的正人君子，学业出众，文质彬彬，可是，性格并不明显。

唐好似活泼些，刘较为稳重，两位都是好青年。

英没有复电，独自到奥都公店里吃冰激凌。

外公与伙计在点货，见到小英，十分高兴。

英吃完冰激凌，聊了几句，离开"爱尔兰眼睛"回学校去。

自课室到演讲厅，再从饭堂到图书馆，蜜蜜看到英，但因正与一男同学倾谈，只招呼一下。

女同学都穿着薄薄小小的上衣，展示青春本钱。

只有英罩上大衬衫。

她找参考书：为什么十七世纪学者把天文学归纳到哲学范围？

一直念念不忘，每走一步都思索一番。

这是星座均以希腊神话命名的原因吗？

回家吃完饭仍然在网页寻找答案。

有人按铃，她下楼去看，原来是唐君。

他驾驶一辆伟士牌，也即俗称小绵羊的摩托车，英看到已经开心，立刻想到旧电影《罗马假日》。

唐把头盔递给英："来，载你一程。"

英立刻骑上后座。

小机车驶出去，把他们载到山顶。

两人下车坐山坡上看风景。

"很忙？"

英点点头。

唐把上次在咖啡座拍摄的照片给英看。

"我印了两套，这一沓给你。"

照片中的英在阳光下笑得罕见地灿烂。

"拍得很好。"

"可想到市中心看场电影？"

英摇头。

她不喜电影院：一进场，黑暗一片，非看到完场不可，若半途离场，只有更加彷徨，太像人生。

"你不爱说话。"

英笑笑："也不是，我与妈、哥哥试过整夜聊天。"

"你们感情很好。"

"是，我们至亲。"

"那很幸运，我很少看到兄弟，他们各有家庭，住得很远。"

英又点头。

唐看了她一会儿："我送你回家吧。"

他们在门口话别。

这时忽然杀出一个璜妮达："喂，你，进来喝杯冰茶。"

唐求之不得，用眼神征询小英意见。

英笑说："这璜妮达是我家太婆婆。"

唐喝了茶吃了蛋糕："伯父伯母不在家？"

所问问题同刘惠言差不多。

"他俩出差去了。"

他猜想小英母亲改嫁安德信君，故此把前夫生的女儿也改了外国姓氏，这也很平常。

跟小刘不一样，他没有问更多问题。

他倾诉他私人感情。

"英，认识你真高兴，时时想进一步认识你。

"你家环境这么好，你也没被宠坏，真是难得。

"你房里到处都是书，这儿一摞那儿一摞都已逾期不还，图书馆要罚款呢，不如我替你去还书。"

英只是微笑。

隔一会儿她说："我还有点事。"

"是是是。"小唐连忙告辞。

英送他出去。

璜妮达看着英："华人面孔身段都长得差不多。"

英笑："墨西哥人何尝不是，彼此彼此。"

"两个都不错，一看就知道是正经人。"

英坐下来，笑意更浓："谢谢。"

"可是，两个人都少了一点火花。"

英耸然动容："厉害，璜妮达，什么都逃不过你的法眼。"

"打算叫他们来见家长？"

英摇摇头。

"英，"璜妮达真正关怀她，"别太挑剔。"

"明白。"

"你妈给你们绝对自由，有时也有反效果。"

英微笑："有人讽刺说，许多男人选择狗的血统较他子女严厉。又说，许多女子选鞋子比选丈夫小心。璜妮达，我得谨慎。"

"恋爱过没有？"

"一年级时我爱过波比，过了一年才发觉他患自闭症，伤心得不得了。"

"最近呢？"

英摊摊手。

这时扬开门进来。

"英，我租来叮克钟的戏服，试一试。"

英过去一看："哗，这么一点大，这是件泳衣。"

"不，"璜妮达笑，"这是一件束腰，小仙子叮克钟造型依照艳星玛丽莲·梦露塑造，当然十分性感。"

"嗯。"

扬说："又想改变主意？"

璜妮达说："试一试。"

"我来穿上铁钩船长戏服。"

英到卧室想把束腰拉上，无论如何都不成功，只见腰身小了三四英寸 [1]。璜妮达进来说："吸气，收腰。"

英吸进一口气。

"再进一点。"

英说："不行，要窒息了。"

_____

[1] 英寸：英美制长度单位，1 英寸等于 1 英尺的 1/12，1 英尺合 0.3048 米。

就在这个时候，唰一声，拉链已经拉上。

英看着镜子里的自己，啧啧称奇，一件束腰而已，穿上了，即时令她细腰隆胸，活脱脱叮克钟模样，她连忙绾起头发配起纱制翅膀。

有人在房门口吹口哨。

一看，铁钩船长来了，大红袍、大胡髭，狰狞地笑。

就差小飞侠没到。

扬第一次看到小妹展露身材，大惑不解："英一直像丘比娃娃，今日是怎么了？"

璜妮达说："丘比娃娃也会长大。"

英想坐下来，这才发觉戏服不让她有坐的余地。

两人连忙卸装。

稍后英出门。

"去哪里？我送你。"

"老人院征义工綮康乐室，你可有兴趣？"

"怎样做？"

"由设计师统筹，义工随时加入，随时可以离去。"

"很好，我可以抽一小时出来。"

英笑："出发吧，还等什么？"

老人院附近没有停车的地方，他们停得比较远，一路走过去。

天色近黄昏，两人经过一家戏院，行人道铁栏上骑着几个少年，看到他们兄妹，误会二人身份，忽然吹起口哨来。

接着，纷纷议论。

有一个比较猥琐的扬声："喂，小妹，你喜欢黑鬼，黑鬼有什么好处？"

一伙人大声笑起来。

扬猜到他们在说什么，沉住气，拉起妹妹的手疾步走过。

"小妹，挑同胞才够意思，我们个个都够力气，哈哈哈哈哈。"

本来已经走到栏杆尽头，英忽然转过身子。

扬阻止："英，不。"

英甩开他手，走到那群不良少年面前，站住。

那群染金发，手臂上有文身的少年大为惊喜。

其中一个留崩头的伸出脖子："小妹，你找我？"

英看准了他，忽然一个螺旋转身，抬起左腿，飞踢过去，这正是天下闻名的咏春腿，英已跟师傅苦练十年，力道非同小可。

电光石火间，那崩头想避，哪里还来得及。

英一脚跺到他下巴，他往后倒，滚到地下，满嘴鲜血。

他同伴全是无胆匪类，大喊救命，四处窜逃。

扬没命价拉起英飞奔。

匆忙间，已听到警车呜呜驶近。

贼喊捉贼，他们居然报警。

扬与英跑进老人院，喘着气，蹲到一角。

扬抱怨："你怎么了？"

"他们说话难听。"

"又不是第一次，也不会是最后一次。"

英一贯倔强，不出声。

"当心打出人命来。"

"他死不了。"

"至少不见三颗门牙。"

英哧一声笑出来。

"英，凡事不能借暴力解决。"

"同那些人讲道理乎？"

"君子动口不动手。"

英伸手过去抚摸兄弟面孔："一个黑人苦劝我不要动粗，奇哉怪也。"

扬摇头叹息。

老人院职员认得他俩，诧异说："英·安德信与扬·安德信，你俩蹲在角落干什么，还不来帮手？"

那晚，英做噩梦。

她一闭上眼就看见那名同胞的三颗带血牙齿。

不过，她已下了决心，下次再有人侮辱她，照打！

蜜蜜知道这事，十分生气。

"英，危险。"

"我不怕。"英抬起头，看到天空里去。

"昨晚得手是因为你身边有个比你高一个头的黑人，你当心落单。"

"我可以携枪。"

"英，你为何愤怒？"蜜蜜凝视她。

"我？"英不认。

"是，你。"蜜蜜指着她。

英别转头去。

蜜蜜说："这一年来，你越来越不快乐，为什么？"

"我有什么不开心？我在校成绩名列前茅，在家父母视为瑰宝，我又有你这般好友，我做人丝毫没有不如意之处。"

蜜蜜凝视她："英，学校有心理医生，你有事可以请教他。"

"你真是一个好朋友。"英转头就走。

"喂喂喂。"蜜蜜追上去。

这时有人叫她，一看，是那个体育健将，蜜蜜立刻停住脚步，满面笑容，转过身去。

这一切英都看在眼内，没办法，求偶最要紧，这根本是全世界所有动物的生存目的：求偶，交配，繁殖，传宗接代。

内分泌逼使人类做出最重要选择：蜜蜜随异性走开了。

英叹口气。

傍晚，扬邀请朋友到家里游泳。

璜妮达为年轻人准备了丰富的自助餐。

"你也去加入他们呀。"

英摇头。

"扬比你聪明多了。"

英这回又点头。

她在房里看他们戏水。

扬与朋友玩水球，女孩都骑在男友肩膀上，两人一组配合打擂台，笑声震天。

玩累了上岸大吃一顿，因他们都要驾车，不招待酒精。

安德信家的泳池颇出名，因为许多家长嫌烦嫌吵，不欢迎这种聚会，所以通通聚集到安宅来，还有，安家的鸡腿与牛排都烤得香。

这时有电话找英。

老人院当值看护说："安德信小姐，你负责照顾的任太太，医生说她恐怕过不了今晚，你可有时间来一次？"

"我立刻来。"

英披上外套出门。

她每周两次到老人院陪任太太聊天已有一年时间，任太太中过风，且患阿尔茨海默病，已失却大部分记忆。

到了护理院自然有职员带英进去。

看护过来说："谢谢你来，她好似有话要说，我们听不懂。"

英推门进去，轻轻说："我来了。"

只见任太太坐在安乐椅上，出乎意料，精神还不错，她转过头来，一见小英便高兴地说："乐家，你来了。"

任太太分明认错人，可是，乐家是谁，从未听她提过。

看护低声说："她的心脏已经衰竭。"

任太太抬起手，触动各种搭在她身上的管子，发出诡异的叮叮响声。

英蹲到她身边。

"乐家，你不再怪我？"

英微笑："我很好。"

"乐家，当年我离开你，实在逼不得已，你原来已经安然长大。"

英已隐隐猜到乐家是什么人。

英问看护："任太太没有亲人？"

"孑然一人，丈夫与儿子都比她先走。"

英握住老人的手。

"乐家，我没有一天不想起你。"

英低声说："我知道。"

"你一个人在外头，累不累，冷不冷，怕不怕？"

"我很好，我懂得照顾自己。"

"你会不会做功课，同学们可善待你，老师有无偏心？"

"我全应付过来了。"

"吃得好不好，穿得暖吗，住哪里？"

"看我就知道，我什么都不缺。"

任老太太松口气，一下子累了。

她紧握住小英的手。

"乐家，你同我想象中一模一样，能够见到你真好。"

英低声答："我也是。"

任太太看着英，十分满足，她的眼皮渐渐垂下，手也放松。

看护轻轻说："安德信小姐，你可以走了。"

"我愿意留下来。"

"我们不能叫义工负担太多心理压力。"

"再过五分钟。"

看护点点头，熟练地把任太太搬回床上。

"她这回可与家人团聚了。"

英抬起头："你说得对。"

她看了任太太干瘦的脸最后一眼，离开病房。

英有顿悟。

有什么事，要早点办，切勿耿耿于怀留到最后一刻。

真正放不开也不必故作大方。

英忽然开窍，她释然。

看护出来再三向她道谢。

英驾车回家，看到兄弟坐在门口等她。

她下车，陪他坐在石阶上。

扬伸手指向天空："看，天琴座。"

英抬起头："呵，是，哎呀，北极星多么明亮，它朝西十五度是天枢及天璇星，再过去一点是天权及天玑，今夜真是观星好日子。"

"妈打电话来叫我们别忘记周末约会，她已经订了飞机票。"

"我们一定准时到。"

"还有一个姓唐与一个姓刘的朋友找你。"

"知道了。"

他们进屋子去。

扬熄掉泳池旁的灯。

璜妮达一边收拾一边说："这间屋子如果没有你俩，不知清寂到什么地步。"

扬恐吓她："我与英迟早离巢。"

"哎呀呀，那我真要对牢四面墙壁讲话。"

扬忽然说："英，这是我送你的生日礼物。"他递上小小礼包。

英诧异："迟到。"

"对不起，我今日才做妥。"

"这是什么，又轻又薄，似一张光碟。"

"你所有童年至今的照片全收在里边。"

"啊，这起码要做二十小时。"英惊喜。

扬一鞠躬。

"你这可爱的黑人。"

"你也是，清人。"

璜妮达实在忍不住："真受不了你俩这种亲昵，我又是什么人？"

兄妹俩异口同声："你是好人。"

璜妮达笑逐颜开。

兄妹周末到华盛顿赴会。

需打指模拍照留念。

英说："现在他们连邻居也不信任。"

"明年还需照虹膜，每一个游客都有记录。"

"那是何等艰巨工作，也只有他们的人力物力才做得到。"

海关把行李逐件搜，照相机电脑全部需展示功能。

在飞机短短行程上英浏览光碟中照片。

从出生到二十岁都有详细记录。

养父喜欢拍照，技术高超，他很多时候又选用黑白底片，形象特别突出。

"看这张。"

大头照片，小小面孔接近照相机，十分趣致。

"你扮小丑？为何搽白面孔？"

扬忘记了，那时六七岁的小英最羡慕白皮肤，有事没事用妈妈的化妆粉条把面孔扑得雪白。

英沉默，继续看别的照片。

上了初中，高加索血统女同学掉过头来崇尚金黄肤色。一到夏季，出尽百宝：晒太阳、照紫外线灯、搽黄粉……只想扮出热带风情……

没有什么想要什么，真是无聊。

接着是生日会的记录照，只见人头涌动，好几十名小朋友与家长一起出现。游戏节目与食物同样丰富。

扬不由得说："妈真了不起。"

英点头。

有几张照片里的小英闹情绪，豆大眼泪挂脸颊上，十分趣怪。

林茜尽量让女儿接触中华文化：托友人找来中文老师，让英学国画，过农历年必去唐人街看游行，端午、中秋、清明都是重要日子。

英日常穿西服，妈妈收入丰裕，英四季服饰考究，照片中她的穿戴简直可以收到时装杂志里去：小小收腰长大衣、白袜、漆皮鞋，装扮如淑女。

上了中学，英自己挑选衣裳，才改穿简单朴素的卡其裤白衬衫。

英转头向兄弟说："谢谢这份最好的礼物。"她关上小小机器。

"这些照片可是教你思索？"

"嗯？"英一时不会意。

"如果没有妈妈，我们此刻在什么地方？"

英打一个冷战。

"他们说，在孤儿院中，一旦过了某个年龄，像十岁左右，便乏人问津。"

英不出声。

"此刻孤儿院同福利署定期举行领养茶会，把家长介绍给孤儿们认识，互相挑选，有些较大的孤儿每个月都在茶会出现，年复一年，失望沮丧，家长认为孩子大了，不好管教，都喜欢幼婴，还有，要健康、漂亮、同文同种。"

英不说一句话。

"我同你算是好运气。"

英笑了。

扬说："在安德信家得到爱护、关怀、教育，还有：自由。

"因璜妮达，又吃得特别丰富。

"最难能可贵的是我从来没有压力要做到最好以图报答他们领养恩典，在安德信家，一切公平自由，没有施同受，只有关怀爱心。"

英问："讲了那么多，有无中心点？"

"有。"扬点头。

"是什么呢？"英看着他。

"英，即使找到生母，也勿忘养母。"

英握住扬的手："我不是那种人。"

这时，邻座有人咳嗽一声。

英见是一个衣着时髦的华裔年轻人。

他说："有事请教你们。"

英很和善："是什么事？"

那年轻男子嗫嚅："我的女友有四分之一黑人血统。"

扬微笑："同我一样。"

年轻人说到关键上去："家母软硬兼施，一定叫我与她断绝来往。"

扬十分同情。

"家母不能接受我女友，尽管她哈佛毕业，在华尔街任职。"

英问："我们可以帮你做什么？"

"你俩相处融洽，请问有什么秘诀，还有，如何说服双方父母？"

扬头一个笑起来："你误会我俩的关系了。"

年轻人羡慕："你们已经结婚？"

英指一指扬："我们是兄妹。"

年轻人张大嘴错愕无比："啊？"

英对着陌生人反而十分坦诚自然："我们二人是领养儿。"

"啊，原来如此。"他仍然惊讶。

扬忽然感慨："我明白你的感受，保守的华裔对黑人有真正恐惧，我曾听见两位太太吵架，一位向另外那位下咒语：‘你女儿会嫁黑人！’那个一听，即时哭出来。”

邻座年轻人无比沮丧。

英安慰他：“慢慢来，不急。”

扬却说：“他们叫我黑鬼，认为我刚自猿猴进化不久。”

英瞪了兄弟一眼。

飞机要着陆了。

取行李时已不见那悲哀年轻华裔的影踪。

他们到酒店与妈妈会合。

在大堂镜子里，英看到她与兄弟站在一起，一黄一黑，相映成趣，他比她高一个头，高大健硕，她体态纤细，是个极端。

电视台曾经动他们脑筋，想说一说他们的故事，借以带出领养制度的利弊，但被林茜一口拒绝。

这时扬忽然说：“妈妈来了。”

金发蓝眼的林茜穿着淡黄色套装，煞是好看。

他们三母子拥抱一下。

林茜像是有点累：“我先睡个午觉，晚上一起去筹款晚会。"

可是随即又有人叫了她去，不知商量什么。

林茜百忙中转身丢下一句："英与扬，六时整在这面镜子前等。"

扬看看时间："我去探访朋友。"

英说："我到房间睡一会儿。"

妈妈十分体贴，知道他俩并非亲兄妹，为免尴尬，总是订套房。

连日劳累，英碰到床也就睡着了。

梦中时间空间有点糊涂，一时不知身在何处，只听得有人叫她："小英、小英。"她四处寻找声音来源，不得要领，感觉惆怅。

电话铃响，是林茜叫她准备，这时，扬也上来了。

他们准备好道具服装，又互相化装，嘻嘻哈哈，浑忘心事。

兄妹披上斗篷，到大堂找妈妈。

有人在他们肩上拍了一下："我的影子不见了，你俩见过没有？一起出发去永不之地吧。"

正是林茜妈做小飞侠打扮。

三人拥作一团到舞会去。

英与扬一下子挤散。

英看到许多在报章杂志上见过的面孔。

她觉得很有趣，一边喝香槟，一边四处浏览。

一位相貌端正做乡村姑娘打扮的女士问她："香槟还好吗？"

英赞道："美味绝伦，将来我赚到薪酬，一定全部拿来买克鲁格香槟。"

那位女士笑逐颜开："我是嘉洛莲·克鲁格，酒厂的第三代传人。"

"呵，你好。"

"这位小姐，你喜欢哪一个年份，一九八九年可合口味？抑或是混合香槟、粉红香槟，甜还是干？"

小英十分豪爽："管它呢，只要是克鲁格。"

女士开心无比，童言无忌、童言至真，她笑说："'管它呢，只要是克鲁格'，这句是绝佳宣传语。"

她走开了。

英抬头找扬，她穿的束腰叫她透不过气来，她想换件衣服。

有人在她背后说："你在这里。"

英转过去。

她看到另一个小飞侠。

原来舞会里有好几个小飞侠。

英微笑问："你也不见了自己的影子？"

他笑："十分彷徨。"

英安慰他："或许它会来找你呢。"

那男子笑："说得真好。"

英问他："为什么扮彼得·潘？"

"我妻子的主意，她扮温蒂。"

那边有人叫他。

"对了，"他给英一张卡片，"你家电脑有什么事，找我们好了。"

"谢谢你，不过，我们一直有保养电脑呢。"

那男子笑笑走开，去找他的影子。

扬出现了："那人是谁？"

"他说电脑有事可以找他。"英把卡片给扬看。

扬一看，眼都傻了："是 BG。"

呵，今晚各式各样的贵宾都有。

英说："自助餐桌上有寿司，来，我们去挑一些。"

"最好趁竞选人演说之前溜走。"

"对，我俩只为吃而来。"

可惜衣服太窄，吃得不多。

就在这个时候，场地另一角起了一阵骚动。

英似有预感："什么事？"她不安。

扬去查问。

"一个小飞侠晕倒在地，已叫了救护车。"

英与扬此惊非同小可，扔下杯碟，立刻抢过去看个究竟。

英还默默念着：是另一个小飞侠就好了，黑心无妨，只要妈妈无恙。

可是躺在地上的分明是林茜。

扬急把她双腿抬高，在她耳边叫："妈，醒醒，醒醒。"

有人过来说："我是医生，请让开。"

他蹲下替失却知觉的林茜诊治，扶起她，把她靠在椅子上。

小英急问："可是空气欠佳？"

那名医生脸色凝重。

片刻，救护车来了，把林茜用担架抬出，她仍然半昏迷，不能言语。

英与扬跟着救护车到西奈山医院急救室。

扬一直紧紧握住母亲的手。

急救人员抹掉林茜的妆，在医院强烈光线下，英看到妈妈脸上皮肉松弛，挂在耳边，真是个中年人了。

英伤感，伏到妈妈身边。

林茜缓缓苏醒："发生什么事？唉，真煞风景，我一定是忙昏了，孩子们，我们回家去吧，这里是美国，医药费会把你吓死。"

当值医生按住她："你得留院观察，我们有几个检查要做。"

林茜说："我有工作在身。"

医生怒问："死人有什么工作？"

兄妹知道事情严重，噤若寒蝉。

医生同他俩说："你们先回去。"

他们吻别林茜妈。

回到酒店，英脱下束腰，才发觉腰身已被勒起一条条淤青紫血痕，做艳女真不容易。

她换上棉衫卡其裤，又打算出门。

扬问："去医院？"

英点头。

"我们一起。"

兄妹齐心，洗把脸再度出门。

医生又一次看到他们，倒也感动，吩咐他们："到候诊室看杂志喝咖啡吧。"

他俩一直等到凌晨，两人分别在沙发上盹了一会儿。

只见另外一位医生出来："安德信家人在哪里？"

扬跳起来。

医生介绍自己："我姓区，我们替林茜检查过，她的肝脏有毛病，已达衰竭地步。"

英只会睁大双眼，不懂回应。

扬大惊："她一直健康，怎么可能。"

"她的肝脏不妥，起码已有三五年历史。"

扬起疑："慢着，我虽不懂医学，也知道凡是体内器官有事，第一个反应是痛不可当。"

区医生心平气和："说得好，可是林茜承认长期服用镇痛剂，那是吗啡，不知哪个庸医任意给她处方毒药，隐瞒真正病情，直至今日，那人应该枪毙。"

扬急问："现在应该怎么办？"

区医生回答："做肝脏移植手术，越快越好。"

扬居然松口气："区医生，我愿捐出肝脏。"

区医生微笑："合用机会甚微，得先检查。"

扬焦急："还等什么？"

英这时也说："我也参加验血。"

区医生点头："你们很好，你俩跟看护去检验。"

区医生随后给他们看样板："这是正常健康肝脏，粉红柔软，那是坏肝脏，又黑又硬。"

两者质地颜色无一相似，叫英想起华人骂人黑心黑肺。

"林茜长期烟酒，休息不足，又欠运动，犯足大忌。"

英低声说："肝脏是重要器官吧。"

"肝叫存活者，liver，没有它，活不了。"

医生讲得再明白没有。

兄妹看到林茜妈，不禁伏在她腿上。

林茜疲倦地笑："怎么了？"

兄妹不语，只是抱着妈妈大腿。

"我没事，回家慢慢治。"

林茜躺病榻上，脸色憔悴，洗掉妆，看到她焦枯的皮肤，一双蓝眼像是褪了颜色，今非昔比。

她的头发拢到脑后，看到雪白发根，呵，原来金色是染上去的。

英像是忽然认清了林茜妈的真容颜，不胜悲恸。

她伏在她身上流泪。

"我们回家再说。"

三人紧紧握住手。

林茜由轮椅送上飞机。

彼得·安德信闻讯来接飞机。

"林茜。"他忽然流下泪来。

林茜说他："孩子们都没哭，请你坚强些。"

"无论怎样，一定把你医好。"

彼得决定暂时搬回林茜处住。

璜妮达老实不客气抢白他："当初又为什么搬出去？"

彼得不出声，忙着联络专科医生。

璜妮达在背后喃喃说："小气，眼看妻子事业一日比一日成功，名气一天比一天大，不晓得如何应付，怕妻子嫌弃他，他先下手离家。"

小英把食指放嘴唇上："嘘。"

如是忙到半夜，大家都累得不能言语。

美国区医生报告回来，说英与扬二人的肝脏均不适宜移植给林茜。

兄妹捧着头，难过得说不出话来。

彼得说："别急，还有我。"

大家意外："你？"

太平无事都要同林茜分手的他，见她有事，反而愿意牺牲，多么奇怪。

区医生在电话里说："我替你们推介我师兄米医生。"

"我们正打算请教米医生。"

"好极了。"

第二天清早，各界人士问候鲜花陆续送到，门外排满车子，都是林茜好友前来探访。

英与大哥一早梳洗穿好衣服接待朋友。

这时才知道林茜真是位明星，政府三级要员都上门问候，她反而没有休息机会。

林茜到中午才盹着。

每次妈妈回家英都很高兴，这次是例外。

彼得返来，看到客厅如花店，不禁苦笑。

扬说："稍后我会转送到老人院去。"

彼得点点头："好主意。"

英问："爸你去什么地方？别走开。"

"我去米医生处检查。"

扬问："轮候捐赠需排期多久？"

"三五七年不等。"

"那怎么行！"

彼得用手揉脸："所以靠亲友捐赠比较有把握，我与林茜均高加索人，且血型相同。"

瑛妮达捧着晚餐出来："他不行，还有我呢。"

瑛破涕为笑："这么多人爱妈妈，一定有的救。"

彼得叹口气："看到病榻中的她如此干瘦软弱，真不相信她就是林茜，一直以来，她精力无穷，朝气勃勃，艳光四射，这次打了败仗。"

"她一定会反败为胜。"

彼得忽然说："你们可知道林茜做早七时新闻需几点钟出门？"

瑛答："凌晨四时。"

"只有你们知道，她中午回来休息一下，又赶出去工作，深夜尚有应酬，我要见妻子，需打开电视，当时我想：这是什么婚姻生活？已经失去她，不如索性离婚。"

瑛忽然说："如果是你为工作早出晚归，她一定支持你。"

彼得不出声。

扬拍拍养父背脊。

"是我太自私。"

"爸，过去的事不要再提了。"

这时璜妮达进来说："小英，有位唐先生找你。"

英下楼去。

唐君佑见她一脸愁容，错愕地问："发生什么事？"

"我妈有急病。"

"怪不得你没上学，又不复电邮，我可以帮忙吗？"

"她需要移植肝脏。"

唐君佑大急："本省医院轮候照超声波都要六个月，又不设私家诊所。"

英苦笑："可不是，有点像第三世界。"

"英，祝你们幸运。"

"谢谢你，有空再联络。"

英把他送出大门口。

唐忽然伸出手，碰了碰她的发梢。

英知道他关怀她，不禁点点头。

下午，米医生来了，他要接林茜进医院治疗。

英问："可以在家观察吗？"

米医生很简单地回答："不。"

璜妮达说："我去收拾行李。"

　　米医生的手提电话响起来，他一听，面有喜色，放下电话说："彼得，彼得。"

　　彼得·安德信立刻走过来。

　　"彼得，你的肝合用，我们可以尽快安排手术。"

　　大家一听这个好消息松口气。

　　英又提心吊胆："爸，你的安全——"

　　米医生说："凡是手术均有危险，妇女们做矫形手术：抽脂肪拉脸皮，也会死人。"

　　英不出声。

　　米医生说："我有把握，你们放心。"

　　他匆匆回医院办事。

　　扬看见养父母双手紧紧握在一起，不禁微笑。

　　他喃喃说："每朵乌云都镶有银边。"

雪肌

肆·

西方人遇事尽量振作运作如常，

东方人会觉得若无其事是没心肝凉薄表现，

非得悲恸哭倒在地不可。

扬驾车把花篮送到老人护理院去。

璜妮达斟杯蜜糖水给英："小英，你嗓子沙哑。"

大家都像老了十年。

"没想到妈妈会忽然崩溃，唉，病来如山倒。"

璜妮达问："什么？"

"这是华人形容病情凶险的说法。"

"讲得真好。"

下一句是病去如抽丝，英不敢说出来。

傍晚，彼得·安德信陪前妻入院，两人均需进一步做详细检查。

英一个人在家，略觉安心，抱着枕头，不觉入梦。

不知多久没睡好，她简直不愿醒来。

心中说：耶稣，我并非对生活不满，或是做人不快乐，只是累同倦，况且，一睁开双眼，就得应付烦琐的人同事，疲得抬不起头来，所以，真不介意到你那里去。

忽然听见楼下争吵声。

有人大声喊："你叫她下来，我非见她不可。"

谁，谁这样放肆，跑到别人家来大呼小叫？

英万分不愿自床上起来，跑到楼梯口张望。

她还没看清楚人家，人家先看到她。

"你下来，我有话说！"

是个中年华人太太，有点歇斯底里。

璜妮达拦不住她。

英不认识她，不由得问："阁下是什么人？"

那中年妇女悲愤地说："阁下我是唐君佑的妈妈。"

英连忙下楼来："唐伯母什么事？"

璜妮达见客人一丝善意也无，不放心，在一边站着。

唐伯母一手拉住小英："你同君佑说些什么？你叫他把心脏捐给你？他没了心脏如何存活？你要他的命？你是什

么地方来的妖女？"

英愣住。

"你休想！我已经通知警察前来。"伯母气急败坏，"你想谋杀君佑？"

英目瞪口呆，手足无措。

伯母忽然伸手去打她："你这女巫，女巫！"

璜妮达想挡已来不及。

英吃了耳光退后，又痛又羞。

就在这时，英背后伸出一只大手，拍开打她的人。

原来是扬回来了，背后还跟着两个警察。

那唐伯母蓦然看见一个六英尺多高的黑人怒目相视，也退后几步。

警察走向前隔开他们。

"这位是唐太太？是你报警？我想你误会了，我们已经了解过情况，证明是你误会，请到外头来说几句话，陈督察会讲中文。"

陈督察把唐太太请出去。

璜妮达看到小英面颊上有明显的五指纹，不禁生气，奔出去同警察投诉："我们要控诉这女子入屋蓄意伤人！"

这时唐君佑也气喘喘赶来。

"妈，你怎么在这里？你干什么？"

唐太太大声说："是我通知派出所，是我叫警察来抓这妖女。"

"妈，你完全误会了。"

一眼看见小英站在门口，他连忙走过去解释。

英摆摆手："你们都走吧。"不待他开口。

声音十分平静，像是什么都没有发生过。

唐君佑不是笨人，知道这时任何解释都没有用，他颓然退下。

这时扬出来说："我们不想骚扰邻居，我们不予追究，你们走吧。"

那一边陈督察犹自苦口婆心地对唐太太说："没有人要你儿子心脏，你放心，即使你愿意捐赠，人家也未必合用，唐太太，你年纪不大，为何如此盲塞？"

问得好，大抵是少读几年书吧，人会变成那般愚昧自私。

唐太太垂头："我急昏了，我听见儿子在电话里向医生请教这件事……我只得一个儿子……"

她立刻质问儿子，拿到地址，二话不说，上门来讨回公道。

英想：什么叫倒霉，这就是了。

她回房去洗把脸，关上门。

妖女、勾男人的心、血淋淋、张嘴吃掉、长生不老、法术无边、女巫、专门诅咒他人、令人家宅不安、家散人亡……都是她英·安德信。

英累得抬不起头来。

警察把唐家母子送走。

璜妮达来敲门："英，是我不好，我不该开门。"

英答："不关你事。"

璜妮达走开，扬又来说话。

"清人，你没事吧。"

"尼格罗，你让我独自静一静。"

"你们清人脾气暴烈，蛮不讲理。"

"你少批判我族人。"

"学校打电话来叫你去上课。"

"我没心情。"

"爸妈已得到最好的医药照顾，你不用荒废学业，英，你应生活如常。"

这是东西文化的差距：西方人遇事尽量振作运作如常，东方人会觉得若无其事是没心肝凉薄表现，非得悲恸哭倒在地不可。

"回学校去，蜜蜜说有客座教授来讲哲学对希腊民主创新的影响，应当精彩。"

"谢谢你，尼格罗。"

"不客气，清人。"

英长长吁出一口气。

片刻有小车子驶近，蜜蜜下车，咚咚咚跑上楼来。

"去听沈教授讲课，沈自西岸来，是个美男子。"

英只得收拾书包上学。

林茜妈绝不赞成她坐困愁城。

蜜蜜喃喃说："今天还是看不到你妈妈。"

车厢里有一份报纸，小段新闻："著名电视新闻主持林茜·安德信急症入院。"附着林茜明艳照人的宣传照。

英不出声。

蜜蜜问:"你心情很坏,失恋?"

英微笑:"没有得,何来失?"

"但是失恋这件事很奇怪,明明从来不属于你的人,你也会产生幻觉,认为得到过,随即又为失却哭泣。"

"咦,可以写一篇报告:魅由心生,情不自禁。"

"英,你不是失恋?"

"不,我只是觉得疲倦。"

"大考将至,人人觉得累。"

她们把车停好,走进演讲厅,已经座无虚席。

沈教授果然是美男子,可是,题材略为重复,稳健,但欠缺新意,他来自鼎鼎大名的西安大略大学。

不过沈有足够魅力留住学生直至完场。

有好些女同学上前去要求签名。

沈的著作今日安排在图书馆出售。

蜜蜜围上去,英却走到饭堂。

她觉得胃部不舒服,买了一盒牛奶,喝下去没多久,忽然全部呕吐出来。

洁白芬芳的牛奶在胃里打一转变得臭酸难当。

英到储物室取过干净上衣更换。

她想去找校医，却被同学叫住问功课。

英整日耳鸣，耳边像有人敲打摩斯电讯密码：嗒嗒嗒嗒，不停地扰她心神。

她用手捧着头。

同学说："英，你一向名列前茅，何必担心？"

放学，她直接到医院探林茜妈。

英看到养父母絮絮细语，和好如初，二人共享一客奶油蛋糕。

英笑了。

林茜看到女儿："过来。"拍拍床沿。

英跳到床上，拥抱妈妈。

看护看见轻轻责备："不可，你身上未经消毒。"

林茜抱紧女儿不放。

大家都笑起来。

林茜说："有子女才有欢笑。"

英问："爸，医生怎么说？"

"安排下周一做手术。"

"太好了。"

林茜说："本来我不打算接受——"

彼得瞪着她："这里不是电视台，哪里轮得到你说话。"

林茜握着他的手："希望我俩吉人天相。"

"一定会，妈妈，一定会。"

这时扬推门进来："咦，发生什么事？好像漏掉了我。"

他也跳到床上去伏在妈妈身上。

看护生气："林茜·安德信，你怎么教导子女的？快给我出去。"

他们两兄妹这才不得不下床来。

看护说："自明日起，换过袍子再进病房。"

那晚，英睡不着，熊猫眼。

第二天大早，唐君佑写电邮来道歉，洋洋数千言，英不予理睬。

刘惠言打电话来约会，英答允与他出去。

英说："美景街的小熊玩具店减价，我想去看看。"

"没问题。"

那小店有太多美好回忆。

英自小在该处流连，林茜妈把她带到该处，买过无数玩具，其中一只洋娃娃有东方女孩面孔，林茜忙不迭购下，同店员说："洋娃娃像杀我女。"店员笑答："是，好像小英。"洋娃娃至今珍藏着。

店东年老退休，子女另有事业，无人继承，索性忍痛结束营业。

小熊玩具店有上百款熊宝宝，小至一两英寸，大至五六英尺，还有英喜欢的麦德琳娃娃，小小瓷器茶具，机动小火车，各式音乐盒子……

英一进店便觉黯然。

童年不知在此消磨多少好时光。

扬有一套恐龙模型，什么种类都有，也是在这里购置的，至今陈列书房。

这家店最奇妙之处是近铁路，偶然会听见呜呜呜汽笛声，孩子们拥到门外张望，一大串火车车厢像时间那样轧轧轧在店门不远处经过，一去不回头，车厢里乘客会向孩子们招手，像是说："下一趟就轮到你们了。"

终有一日，人人驶向老年。

刘惠言耐心等小英挑选玩具。

英挑了一盒立体积木，是白雪公主、七个小矮人与他们的小茅屋，另外一个是仿却利麦卡非样子的提线木偶。

老板亲自招呼他们，但多年来往的小顾客实在太多，他已忘记她是谁。

他说："多谢光顾。"

并没有提下次再来。

"加赠一只指南针。"他笑笑说。

小英说："谢谢你。"

刘惠言忽然问："请问有无一元一只的大钻戒？"

老板笑不可抑："尚余一只：减至九角九分。"

他取出玻璃大钻戒。

刘惠言立刻买下来。

老板加赠忠言："年轻人，把握好时光。"

他们笑着走了。

一到门口，便看见古老观光蒸汽头火车缓缓驶过路轨，汽笛呜呜呜开路。

英连忙向车上游客挥手。

乘客也笑着摇手回礼。

刘惠言看得呆了，真没想到大城里会有这样美妙的小镇风光。

小英怅惘地看着火车驶远，低头，回到现实世界。

她看看时间："我要上学。"

刘惠言说："我送你。"

小英取出小小指南针："朝北走。"

最北边有阿留申群岛，相传上古时代人类自西伯利亚经岛屿步行到北美洲定居。

到了学校停车场，碰巧蜜蜜也下车来，叫小英。

刘惠言一看，只见蜜蜜是个印度西施，柚木色皮肤，高鼻深眼，古典味十足，却穿西服，剪短发，说英语。

看样子三代在西方社会生活，已融入都会，日久根本不大觉得肤色有何重要。

看着刘惠言离去，蜜蜜问："你的男友？"

英摇头。

"是新移民吧，看到深色皮肤仍然会扬起一条眉毛。"

"他见到扬的时候，下巴差点掉到地上。"

"可怜的人。"

小英也笑："谁说不是。"

"幸亏扬是英俊混血黑人，不见大厚嘴、掀鼻孔，否则，吓死他。"

"那样胆小，又以貌取人，死了活该。"

蜜蜜叹气："同乡见到我妹妹，会掩鼻转脸退避呢。"

她妹妹有轻微唐氏综合征。

英无奈点头："是，这便是残酷的现实世界：老幼伤残贫穷以及有色人种均退后三步，雪肌美丽聪敏运动健将考试名列前茅事业有成名利双收者为胜。"

蜜蜜说："真叫人难过。"

"整个生命是项淘汰赛，只选拔精英。"

"公道地讲一句：这个城市已算合理，不信，试试往南走？"

英笑："在祖家，你在十五岁早已被嫁出去，此刻已是七子之母，天天在旁遮普打柴煮饭。"

蜜蜜不甘受辱："阁下呢？"她瞪眼："你是女胎，在贵国恐怕已被人丢往孤儿院。"

一出口就后悔，真是乌鸦嘴，英可不就是曾在孤儿院，蜜蜜立刻掌自己的嘴："对不起，对不起。"

英只是笑，她一点也不恼。

片刻蜜蜜说："我在写唐氏综合征儿童眼中的世界。"

"加油。"

"会否是陈腔滥调？"

已到课室门口，听到上课铃，话题就此打住。

出乎意料，英在课室仍能维持百分之七十的注意力。

下课，她先回家吃点心。

璜妮达说："特别把家搬到这一区，就是为方便你们读书。"

"璜妮达，你在我们家多久了？"

"扬来时，我已做了一年，我一直跟着你妈，由她替我办入籍手续，除非她叫我走，否则，我会替你们带孩子。"

"我婴儿时可乖？"

"绝不，老是哭，除非紧紧搂在怀中，否则一直惊哭，我们三个大人轮更抱着你。"

"不觉讨厌？"

"你妈妈说：要多疼小英一点，她好似有不愉快记忆。"

"扬呢？"

"吃饱就睡，睡醒再吃，没话说。"

"璜妮达你可知我们来自何处？"

老好璜妮达的答案再简单没有："耶稣那里。"

"是，你说得对。"

璜妮达说："放心，你爸妈会无恙。"

"我也认为如此。"

吃饱了，英到医院去。

一楼是急症室，二楼是老人护理，三楼是产房，四楼是手术室……

每个人至少来两次。

医院是最多血泪的地方。

人类也算得能干，这样可怕的所在竟打理得整洁舒适，充满微笑。

英看到他俩在下棋。

彼得被林茜杀得片甲不留。

彼得叹口气："林茜，你什么都好，可惜不懂做妻子。"

"你什么都好，就是怕女人强过你。"

"这是我俩离婚的原因吧。"

林茜答："多年前的决定，提来做什么。"

"这次大病，你可有觉悟，可觉生命可贵，不应浪费？"

林茜点头："病愈后我将加倍努力工作，我不会辜负你的牺牲。"

彼得啼笑皆非："我还以为你有顿悟：呵，该停下来嗅一下玫瑰花香，找个人陪着游山玩水……"

林茜大笑。

英在门口咳嗽一声。

"英，进来，你爸说我至死不悟呢。"

英低声说："我看过报告，肝脏移植一般并发症概率是百分之三十左右。"

彼得笑说："不怕，我不烟不酒，天天跑步，最健康不过，反过来说，你妈若捐肝给我，我可不敢接受。"

看护进来听见说："你们一家真正乐观。"

"手术将预期进行？"

"现在已开始禁食及服药。"

米医生推门进来。

他带来手提电脑，打开了给安德信夫妇观看。

"这是活肝移植手术经过。"

"咦，用机械手术臂。"

"是，取肝时用机械，彼得，你腹腔只有两个一英寸长的伤口，一周可以出院，林茜，你那边用人手做工作，需休养两星期。"

扬问："为什么妈不可用机械帮忙？"

"缝入肝脏手术比切除手术更为精细。"

还是人手好。

"手术并无太大风险，希望不会排斥。"

医生出去，他们一家静静看手术实录，只见手术后病人鲜龙活跳。

林茜叹口气："此刻我反而心安理得，累了好几年，不敢说话，怕是年纪大了，力不从心，原来是器官有病。"

彼得说："林茜，累了就退休。"

"我幼时家贫，珍惜一切机会：读书、就业、结婚⋯⋯总是忍耐支撑到最后一刻，不想轻易放弃，我们这一代的危机意识比英他们重。"

彼得说："你已颇有积蓄。"

林茜不与他争辩。

影片结束，字幕打出来，看到是发现电视台制作，大家都笑了。

片刻奥都公来了。

彼得让他观看手术过程，又去买了咖啡招待。

扬向英使一个眼色，两人向父母告辞。

"回去好好睡一觉，明早来陪他们。"

"医生说明早八时开始手术，历时约四小时。"

扬说："我有点紧张，不如去打网球。"

英取笑他："你不是在战壕中也睡得着？"

"这次不一样。"

他咧开嘴露出雪白整齐牙齿："看到没有？我自小一口怪兽牙，由妈带到牙医处逐一箍好，足足做了五年，单是这副牙就值三万元，爱心耐心未算在内，林茜是我最敬爱的人物。"

英抢着说:"我也是。"

扬叹口气:"好人好报。"

兄妹四只手紧紧握住。

扬的手大如小扇子,把妹妹的手拢在其中。

虽是混血,他的皮肤仍然是深棕色。

英问:"我们究竟来自何处?"

"肯定不是一个家庭,大多数是单身母亲。"

"她们有无想念我们的时候?"

扬答:"每一天。"

"那为什么送走我们?"

"那是她们当时唯一可做的事。"

英又问:"之后又为何不来找回我们?"

扬说:"嘘——"

英把头紧紧靠在他胸膛上,不再言语。

随后,扬去打球。

在球场上他像一只敏捷猎豹,靠那旺盛的精力击败对手。

英回家收拾书房。

璜妮达告诉她："有人找你。"

"是蜜蜜吗？"

"不是简小姐，是那位唐先生。"

"不不不。"小英怕了，双手乱摇。

"他一直坐在门口等。"

"通知派出所赶他走。"

"这——"

"璜妮达，快去，否则，派你把他的心挖出来。"

璜妮达只得说："我去。"

打开门，据实把话告诉唐先生。

英亲手致电警署，不久，警车前来，与他说了几句话，他不得不走。

警察又与英谈了一会儿，做了记录。

刚巧刘惠言来访，讶异问："什么事？"

警察以为是同一人，跳起来："又是你？"

英分辩道："不不，不是他，他姓刘，刚才那个姓唐。"

警察看仔细了："是，对不起，这一位戴眼镜。"他敲敲头。

在外国人眼中，华人几乎样子个个差不多。

不过，这一次也不能尽怪他们，小唐与小刘的性格的确不明显。

小刘又问："什么事？"

英答："没什么事，你有何贵干？"

"我有两张舞台剧《制片家》票子，我们到纽约去，早去晚归。"

"家母明早做手术，我走不开。"

小刘呆住："对不起，我不知道，我可以做什么？"

"你可以回家，别老在我门口出现，有事，预约，比较礼貌。"

"是，是。"

"不必送花，真要表示尊重，请捐款到儿童医院。"

小英关上门。

璜妮达看她一眼。

"怎么了？"英问她。

"一辈子嫁不出去。"

"我在妈妈家过余生。"

"也好，我服侍你。"

"璜妮达，你我素昧平生，算是陌生人，为什么爱我？"

"哗，什么陌生人，我把你自幼带大，我是你保姆，看着你进幼儿园，帮你打理午餐、书包、校服，你说是什么？"

这时司机赫辛回来说："太太要毛巾浴衣。"

璜妮达立刻去拿。

英到蜜蜜家去。

已全盘西化的她却在房中点燃檀香。

那股异香有宁神功效。

渐渐小英眼皮沉重。

蜜蜜把新写的功课读给她听，英无心装载，盹着了。

蜜蜜在一角静静与男友通电话。

英在梦中仿佛听见有人对话。

"我不再爱你，为着双方前途，最好分手，各走各路。"

"我已怀孕三月。"

"有许多解决方法，你可自由断定，再见。"

"我们可以一起克服。"

"你知我从未打算与你结婚。"

这时蜜蜜忽然叫她:"英,司机来接你。"

英睁开双眼,发呆,不出声。

雪肌

伍·

「我们这一代是怎么了？」

「也许，人浮于事，竞争太过激烈。」

那一晚大家都没睡好。

清晨璜妮达起来做早餐，三人都故意表现得轻松，食不下咽也把煎蛋肉肠塞下，像石头坐在胃里。

出发往医院时也都若无其事。

林茜看到他们："哎，都来了，家里谁看门？"

"司机赫辛。"

米医生来做最后准备。

家属吻别二人。

璜妮达不住祷告："耶稣与你们一起。"

他们到会客室静心等候，一边玩扑克牌。

璜妮达牌术奇精，杀得两兄妹片甲不留，她一边赢，一边担心东家，频抹眼泪。

三人都极其耐心等候，一时手牵手祷告。

一小时后看护出来："安德信家？向你们汇报手术情况：已成功采取彼得半叶肝脏，预备移植。"

大家松口气。

"正替彼得缝合。"

"谢谢你。"

"应该的。"

"妥善的开始，已是成功的一半。"

大家精神为之一振。

手术下半场亦进行得非常顺利，米医生亲自出来说："新鲜肝脏即时开始运作，一年后两人的肝都会长到原先大小，一物二用。"

璜妮达满脸眼泪。

她说："我回家去替你们准备晚饭，赫辛在家里等待消息呢。"

她匆匆忙忙离去。

米医生说："你们可跟我来看父母，请换上袍子。"

英一站起，才发觉已坐得腿部麻痹，希望下一次到医院来是为着生孪生儿。

呵，生儿育女。

只听得医生说："这边。"

兄妹穿上消毒罩衫。

彼得与林茜两张病床并排一起。

彼得先醒，已睁开眼睛，看到子女，向他们微笑。

医生看着林茜："喂，醒醒，你叫什么名字，今年几岁？"

林茜喃喃答："林茜·安德信，今年二十八岁。"

英与扬笑得挤出眼泪。

米医生也笑："手术成功。"

他们脱下袍子回家去。

在车上扬说："老妈今年五十一岁了。"

"她是一颗钻石，哪儿分年岁。"

"讲得好，钻石只讲颜色重量切割，哪儿计年份。"

"掘出打磨之前都亿万年了。"

"妈在三十二岁领养我，那时她已名成利就。"

扬赞道："她真正能干，我到了三十，恐怕还会住家中。"

英微笑:"我恐怕会把丈夫子女也带回家中吃白饭。"

"我们这一代是怎么了?"

"也许,人浮于事,竞争太过激烈。"

"不,英,几十年前,女性连职位都没有,需要她们自创,重视工作者时时被揶揄是女强人。"

英说:"听妈讲,那时,最反对女性独立的人,是上一辈家禽般生活的女性,她们害怕比较,故此描黑事业女性,把她们当洪水猛兽:不羁,荒唐,妄想同男人平起平坐,专勾引人家丈夫……"

"妈没同我说起这些。"

"你是儿子,这些与你不相干。"

"这样说来,她是一层层打上去的江山,直至今日。"

"彼时,职业女性亦是少数族裔。"

到了家,兄妹取出啤酒对喝。

"敬爸妈。"

"祝他们起码看到我女儿生女儿。"

"讲得好。"

两人一口气喝光半打啤酒。

璜妮达捧出墨西哥海龙皇汤。

扬说："一起坐下，你也喝一杯。"

璜妮达问："你说，他俩可会复合？"

扬摇头。

"经过这样大事，还不能彼此谅解？"

英说："他们互相关怀，是最好朋友。"

璜妮达急问："夫妻不就是良朋知己吗？"

扬说："我吃饱了，我要上楼工作。"

英微笑："璜，别急。"

璜妮达叹口气，默默收拾桌子。

英回到楼上，累极，倒床上入睡。

第二早上学前，璜妮达对她说："美首都华盛顿有一位区医生找你。"

咦，米医生没同他朋友联络？

"我先去看爸妈，再到学校。"

"扬半夜出去了，有女友接他。"

英微笑："什么肤色？"

"白人，我并不乐观。"

璜是最佳时事评论员。

"许多黑人一旦成功便努力学做白人：娶白女，住白区，搽白面孔，拉直头发，希望扬不要那样笨。"

"璜你太担忧了。"

英笑着出门，一向以来，兄妹交友完全自由，可是也没有学坏，两人都不烟不酒，英从不在外过夜，事实上她根本不爱外出，在校人称 Alfa geek，即头号书呆子。

这样脾性，是像生母吗？

没有时间细想了，她到医院换上袍子走进病房。

真是奇妙，彼得与林茜两人经过那样开膛大手术，不但生还，而且谈笑自若。

米医生妙手回春。

林茜说："从此欠彼得一个人情债。"

彼得说："我的细胞不知会否影响你性情。"

林茜笑："必然是坏影响，越来越疲懒。"

"或者你会减缓脚步。"

"电视台问我几时可出发与约旦王谈谈。"

"年轻的约旦王阿卜杜拉有一半法国血统，他有一双蓝眼，讲纯正英语。"

"约旦地位尴尬……"

英放心了。

他俩已经完全安全。

英回学校上课。

璜妮达找她："英，美国区医生急找，嘱你复电。"

"明白。"

正在上课，怎样复电？

等到放学，她拨到区医生号码，看护一听到她名字，立刻说："我立刻替你接区医生。"

区医生的声音马上传来："英·安德信？"

英笑："区医生，家母已成功做妥移植手术。"

"英，我已知道好消息。"

"那你找我有何贵干？"

"英，我昨日翻阅你的检验报告，觉得异样，把你上次血液样本再测试了一次。"

英问："发现什么？"

"英,你患急性白血病,因遗传因子不能生产正常红白细胞,成年病发,叫作法孔尼症。"

英一时领悟不过来:"什么?"

"英,尽快联络专科医生,这次你好心有好报,若非救母心切,你不会无故捐样本做测试,即时就医,一定来得及。"

英对这个讯息仍然不予接收,觉得电话那一边的区医生似拨错号码。

"区医生,我是加拿大多伦多的英·安德信。"

"英,我请米医生立刻与你联络,你在什么地方?"

"我在学校。"

"请即时回家。"

这个时候,英忽然挂断电话。

的确是找她。

英拨电话找赫辛:"请载我返家,我身体不舒服。"

赫辛答:"十分钟到,小英,你先到图书馆坐下。"

片刻,扬的电话也到了:"英,什么事?"

英脸上已无血色:"女性周期病。"

"你自己当心。"

那么多人关心她，死不了。

小英深深吸口气。

区医生没有找错人，她身上有严重遗传病。

她还年轻，背着病躯，永远不能做一个正常的人了。

赫辛将车驶到，小英上车。

司机把英带回家中。

米医生比她先到，已在会客室等她。

他一步趋前，握住英的手，反客为主："坐下慢慢说，喝杯水。"

英坐下不出声。

区医生要找的人真是她。

"英，我认为暂时无须把这件事告诉你父母，你说呢？"

英点点头。

"待他们出院再说可好？"

英又点头。

米医生松口气："小英，这并非不能医治的病，今日医学有极大突破，可以迅速控制扩散，我建议你即刻开始治疗，我推荐本省李月冬医生。"

门口出现一个身形。

他大声问："米医生，你在说什么？"

是扬回来了。

一直垂头不语看着自己双手的英站起来走到兄弟身边，扬紧紧拥抱她。

当年读小学，白种男孩小息时围住英取笑，她无法解困，次次痛哭，一日扬来接她放学，她也这样奔近他。

之后发生的事叫英明白亲情的重要。

扬走到那些小孩前，伸出手，张开手指，拨动，示意他们走近。

那班顽童见黑人比他们高大得多，已经心怯，其中一个为着面子，勉强走近两步。

扬冷不防伸出腿去，绊他，那男孩重重摔倒在沙地上，膝上皮肉受创，痛得哭叫。

扬还说："咦，走路这样不小心。"

他带着英从容离去。

不知怎的，小英忽然想起这件琐事。

只见扬已在医生处了解到事实，他额角冒汗，五官扭曲痛苦，像腰间中箭。

他跌坐在椅子上。

"医生，安德信家为何多事？太不公平了。"

米医生叹口气："扬，你是大哥，振作一点，父母正在康复，不久可如常生活，英上午接受治疗，下午上课，也是一个办法，人生多挫折，设法克服。"

"是，医生。"

"我已帮英约了李医生，快去吧。"

"我陪你，英。"

英点点头，这时她问米医生："我有病，为什么不觉异样？"

米医生又叹口气："你很快会觉得。"

他身边传呼机尖锐响起，他必须赶回医院。

璜妮达替他开门，一脸泪痕，她都知道了。

扬陪着英去见李医生。

华裔的李月冬医生年轻貌美，若非穿着白袍，挂着名牌，会以为她是一名时装模特儿。

她按着英的手："治疗方式简单，为期六个月，这个时候，你最需要家人支持。"

"明白。"

"身体上若干痛苦，必须忍耐。"

英忽然怔怔落下泪来。

她轻轻问医生："我还能怀孕生子吗？"

李医生握住她的手："这些事慢慢讲。"

她唤看护来帮英登记。

一边，她问扬："父母几时出院？"

"还有一个多星期。"

"届时我再同他们说。"

"谢谢你，医生。"

"现在，由你做一家之主，你好好看紧妹妹，她需要你看顾。"

"她会很辛苦——"

"那是一定的，不必详细描述，你欲知详情，请到互联网上阅读有关报告，可幸人体有强大适应能力，她十分年轻，也是关键。"

"治愈率的百分比是什么数字？"

李医生看着他焦急的面孔："言之过早。"

扬用手掩住脸。

看护打出一连串治疗时间表，明早开始化疗。

李医生说："我会与大学联络，请他们给你一个特别的时间表。"

一切都妥善安排，真是不幸中大幸。

赫辛接他们回家。

接着一个星期，英生活发生移山倒海式转变。

好友蜜蜜知道消息后并没有大哭，但是泪水无故自眼角沁出，完全不受控制。

英支使她："去，去替我写功课，若不小心拿到乙级，同你绝交。"

蜜蜜说："是，是，你觉得怎样？"

"我与扬商量过，决定只字不提，以免越说越苦。"

"英，你是好汉。"

父母出院时，兄妹一起去迎接。

两人精神极好，手拉手出来。

林茜笑说："我已约了美容院做头发面孔，你看我，一不修饰，似足老妇。"

英轻轻说："妈妈，我有事告诉你。"

扬踏前一步："回家再说。"

李月冬医生片刻亦来到安宅。

她只用了五分钟便将情况解释清楚。

彼得"呵"了一声，把英叫到身边，握住她的手。

好一个林茜，脸色镇静，加问几个问题，轻轻说："我们在最好的医生手中，真是安慰。"

李医生说："可惜没有家人病历可以稽考，英的生身父母有这种病症吗？他们的医生采用何种方法治疗？对她很有帮助。"

林茜抬起头。

她忽然叫英："女儿，过来。"

英走近。

林茜紧紧搂住女儿："以后你们无论大小事宜均需立刻告诉我，不准瞒住我。"

子女都说是。

李医生微笑："我对你们一家有信心。"

她告辞。

扬说："我们一起全神贯注帮英打这场仗。"

林茜考虑一会儿，低声说："说得对。"

璜妮达捧晚餐出来："大家都吃得清淡点。"

当晚林茜对彼得说："他们华人常说命苦，我想小英便是例子。"

彼得劝说："林茜，记得你的箴言吗？不许怨天尤人，长嗟短叹。"

林茜问："你会否少爱她一点？"

"不能更多，也不会减少。"

林茜说："十多年前，初进国家电视台，上头派我与森薛伯一起做晚间新闻，那厮不喜女人，更不喜金发女人，咬定我对他是威胁，正眼也不看我，当我透明，叫我难堪。每夜回到家中，我都想辞工后自杀，气得哭不出来，倒在床上胃都气痛，可是小小一个人儿走近，小小一张面孔贴住我，可爱体贴地问：'妈妈今日辛苦吗？'我立刻火气全消，烦恼抛到天边，就这样，小英陪我熬过每一天。"

"为什么不辞职？"

"咄，天下乌鸦一样黑，哪个电视台都有森薛伯这种人。"

"林茜，我养得活你。"

"彼得，我无论如何找不到不去工作的勇气。"

"后来森薛伯这人怎么了？"

"器量那样狭窄，如何做事？不久离开电视台，听说教书，后来又说从事写作。"

彼得说："我们两人很久没有这样好好倾谈。"

"有时，患难可以把家人拉得更近。"

"小英像是接受得不错。"

"不，震荡尚未上脑，她还以为是别人的事，疗程开始后，她才会真正明白。"

"可怜的孩子。"

半夜，有人推开房门。

林茜没睡好，转身轻声问："是小英吗？"

英小时做噩梦，也会这样找到爸妈房来。

果然是英，伏到养母身上："妈。"

林茜不能想象没有小英的日子，她怕失去她，不禁泪流满面。

母女拥抱一起又睡了一觉。

天亮了，璜妮达推门进来，见被褥一角有把黑发，知是小英，不禁微笑，这同三岁时有什么分别，仍喜蒙头睡觉。

林茜醒转。

璜妮达说："今晨九时你与美容院有约。"

林茜凝视窗外曙光："日子总要过。"

"是，日子一定要好好过。"

"我先送小英上学。"

自美容院出来，林茜容光焕发，判若两人，她穿上淡黄色上衣，吸一口气，扣上纽扣，走进办公室。

同事看见她纷纷站起来。

不知是谁带头先鼓掌，整间办公室轰动。

林茜对上司笑："年纪大了就可享受这种权利。"

上司老实不客气地说："林茜，这是你下一季工作次序。"

林茜按住那份文件："老总，我来告假。"

"什么？"

他像听到晴天霹雳一般。

"我家有事。"

"我找十个人来帮你,你要用人还是司机,抑或保姆秘书?林茜,世上有件最文明的事叫分工,什么事非要林茜·安德信在家亲力亲为不可?"

林茜吁出一口气。

"你要再婚!"

林茜好笑:"你听我说。"

"天,你怀孕了,此刻五十高龄亦可亲身怀孕?"

"没有这种事,镇静一点,我只欲告假六个月,之后一定归队。"

"听说你打算与彼得复合?"

林茜出示一份医生报告,老总一看:"呀,对不起,林茜,我即时批你假期。"

"这是紧要关头。"

"我明白,做父母在这种时刻一定要在子女身边。"

林茜松口气。

"我知道有位名医李月冬。"

"小英正由她诊治。"

"林茜，你需要帮忙，尽管出声，这里全是你的朋友。"

林茜握手道别。

她送午餐到大学给女儿。

英看见她好不高兴，拖着同学蜜蜜过来。

"蜜蜜，我替你介绍，家母林茜·安德信。"

蜜蜜用双手掩着嘴，眼如铜铃。

林茜·安德信，她的偶像，所有年轻女性的偶像。

林茜笑："我是小英妈妈，你好。"

蜜蜜团团转："我的天我的天，我有你的著作，全留家中了，我立刻到书店去买来找你签名。"她乐昏头。

林茜放下午餐盒："青瓜三明治，清鸡汤，记住，不要喝汽水。"

英点头。

林茜微笑离去。

"她给你送饭。"

"她是我妈妈，她还替我熨衣服呢。"

"为什么到今日才披露？"

"怕你这种人呀。"

"她几时采访威廉王子？可否替我索取签名照？"

"我们还欠几篇功课？"

回到家，看见母亲在整理花圃。

"妈妈，你今日不用上班？"

"我放假，养好身体再说。"

这是前所未有的事，英张大了嘴。

圣诞、过年、结婚纪念……对她来说，不过是另外一天，工作至上，可能出差在中东、北欧、南亚……只能通一个电话谈几句。

有特别的事像子女毕业典礼，她才会赶回来，停几个小时，又赶去办公。

当下林茜说："岁月不饶人，我想休养一段日子，园子里攀藤玫瑰已有二楼那么高，我都不曾留意。"

她拉起女儿手，抬头欣赏玫瑰。

只见蔷薇架上密密麻麻数千朵粉红色花盛放，蜜蜂热闹地兜着嗡嗡转，香气扑鼻。

英凝视美景，明年花开之际，她还会在这里吗？

林茜说："英，我们要做一件要紧事。"

"什么事？"

"我们要寻找你生母。"

英怔住。

扬的声音自身后传来："有必要吗？"

"有，我们或者需要她帮忙。"

英微笑："妈是见我有病要把我退回去吗？"

林茜瞪着女儿："任何时间我都不会接受这种坏品位笑话。"

"对不起，妈妈。"

扬推妹妹一下："你语无伦次。"

扬已把满头鬈发编成小辫子，这是非裔人表示奋斗的装束。

英追上去捶他："拿你出气又怎样。"

林茜说下去："国家骨髓资料库的亚太捐赠者只占总数的百分之七，比例甚低，难以找到亚太裔白血病病人骨髓配对，李氏基金会致力为亚裔病人寻找捐赠者，我已向他们求助，但至少要五个星期才有消息。"

扬急问："英需要骨髓移植？"

林茜回答："我们总得及早部署下一步。"

"妈都想到了。"

英垂头不语。

这时她已明白形势恶劣，不禁黯然。

扬说："我愿意协助寻人。"

"你去读书，电视台有的是人，不必劳驾你。"

英不禁开口："妈，你想怎么样？"

"我不是同你说了吗？我打算发布你儿时照片，在新闻节目中寻人。"

英吓一大跳："不，不。"

大家看着她。

"我正接受电疗及化疗，反应良好，无须成为名人。"

"英，我们必须未雨绸缪。"

扬说："妈讲得对。"

"不，"英坚持，"请暂时按兵，妈妈智者千虑，我却还没有到那个关口。"

林茜叹口气，她忽然取出香烟来。

英知道妈妈遵医生嘱已戒掉香烟，现在又取出烟包，可见精神紧张。

英取过香烟扔到纸篓去。

林茜抬起头："这样吧，我暗地派人寻找她。"

英松口气。

林茜站起来："手术后比较容易累，我去休息一下。"

英正接受治疗，上楼梯需分两次：停一停，休息一分钟，再继续。

她回到卧室，躺床上，感觉凄酸。

扬进来坐在床沿。

英没有转过身去，她背对着兄弟。

扬轻轻说："叫男朋友来陪你可好？"

"我没有男朋友。"

"一个姓刘，一个姓唐。"

"泛泛之交。"

"你也不能立时三刻叫人交心。"

"读莎士比亚给我听。"

"全集？"

"读哈姆雷特著名独白，从生存或否开始。"

"我读喜剧《仲夏夜之梦》吧。"

"不，我不喜闹剧。"

"终于闹意气了。"

英转过身体来："如果我的男朋友像你就好了。"

扬笑："许多姐妹都那样说，到了弗洛伊德派手里，必有一番见解。"

"你强壮、独立、公正、英俊、风趣、活泼……他们都比不上你。"

"真的？"扬很欢喜，"真有那么好？"

"甲级男生。"

"小妹都那样看兄长。"

英握着他的手，放到腮下。

"为什么不让妈在电视上呼吁？"

"我怕。"

"怕什么，怕见生母，抑或怕一夜成名？"

"两样都怕。"

扬说："我不怪你，换了是我，我也害怕。"

"扬，你一直了解我。"

"可怜的小英。"

"这是遗传病，也许我生母已不在人间。"

"我们很快会知道。"

英闭上双眼，扬让她休息。

他自卧室出来，正好看到璜妮达收拾换下的床单。

她让他看枕头套，枕套上有一丛丛黑发。

璜妮达喃喃说："很快会掉光。"

扬安慰她："会长回来。"

"小英算得坚强，我有个亲戚，天天哭着呕吐，唉，人生至多磨难，世上根本没有快乐的人。"

扬却说："帮英打赢这一仗，我们全家是快乐人。"

"扬，自小你充满乐观活力。"

"我自林茜妈处学习。"

"耶稣保佑你们。"

雪肌

陆·

奇怪，朋友要与她决绝，陌生人却接载她。

第二天，英照常上课。

蜜蜜把做妥的功课递给她。

"写得这么快？"

"在互联网上购买，价廉物美，百元一篇。"

"讲师有记录。"

"才不会，专人特别撰写，量身定做，决不重复。"

"都这样说，可是名媛在舞会上，晚服还是会相撞。"

"嘘，老师来了。"

那日小憩，忽然有人指向她："英·安德信，有人找你。"

谁找她？英抬头。

英看到一个面熟的中年太太走近。

那位女士很客气地问："英小姐？"

英一时分辨不出："是哪一位？"

"英小姐忘记我了，我姓刘，是惠言同惠心的妈妈。"

"呵，是刘太太，有何贵干？"

她微笑："上次你把婆婆送回来，我家感恩不尽。"

英看着她，她来学校，不是为了这个吧。

婆婆已是往事。

刘太太说："英小姐，我们找个地方谈谈。"

英把伯母带到园子一角坐下。

"婆婆好吗？"

"不好也不坏，谢谢你关心，人老了就是那样子。"

"那么，刘太太找我是为什么？"

她忽然问："英小姐，你身体不好？"

英很爽快："我患急性白血病。"

刘伯母耸然动容："果然。"

英仍然不明白："你来看我？"

"是，呃，英小姐。你是好心人，吉人天相……"

"刘太太，你有话尽管直接说。"

她吸一口气："英小姐，惠言是我唯一的儿子——"

英忽然明白了。

她不禁笑起来，不待刘太太讲完，便说："你放心，刘太太，惠言君与我，不过是普通朋友，绝不会有什么发展，你若不安，我可以从此与他断绝来往。"

刘伯母没想到事情会这么容易，不禁怔住，随即又庆幸不已。

"谢谢你，英小姐。"好比皇恩大赦。

"不必客气。"

这时一个少女气喘吁吁赶近，英记得她是刘惠心。

"妈，你说些什么？"她顿足。

刘太太一把拉起女儿："我们走吧。"

惠心被母亲拉着走了几步，忽然甩掉母亲的手又向英走来。

"英，对不起。"

英心平气和："没关系。"

"家母蛮不讲理——"

英微笑："或许，但她是你母亲：十月怀胎、眠干睡湿，我只是一个陌生人，记住，帮亲别帮理，去，你妈妈等你。"

刘惠心怔住，过片刻她明白了，她说："谢谢你，英。"

她跑过去，与母亲一起离去。

英沉默。

同刘惠言那样的人绝交有什么损失呢，乐得做一个通情达理的好女孩。

英想站起来，忽然觉得双腿颤抖乏力，又跌坐在长凳上，她不服输，摇摇摆摆又站起来。

这时有一双强壮的手臂扶住她："当心。"

那人背着光，英一时看不清他的容颜，只见他头顶上一圈光，像下凡的天使。

英眼前有金星，那人取过身边水壶："来，喝一口。"

英就他手喝两口，原来是香甜的冰冻柠檬茶。

"我载你去校医处。"

英点点头。

他有一辆脚踏车，把英放在座位上，他坐她身后，飞快把她送到校医室。

看护出来："英·安德信，你没事吧。"关注之情毕露。

英微笑："我肚饿而已。"

奇怪，朋友要与她决绝，陌生人却接载她。

一转头，那陌生人已经离去。

"他是谁？"

"不知道是哪位好心同学，多大有数千名同学呢。"

"他是华裔？"

"我没留意，肯定是亚裔，但亚细亚洲那么庞大。"

看护替她量脉搏。

"你没事，英，喝杯可可，吃两块饼干，躺一会儿。"

幼时，林茜妈教她看地图："英，看，世界多大，我们眼光放远些，这是亚细亚洲，中国有著名的黄河与长江。这是印度，恒河与印度河，注意文明起源地都有河流平原，为什么？人们要吃要喝呀，没有温饱，何来文化……"

一只手放到她额角上。

"扬，你来了。"

"我来接你回家。"

"为了我，你们都不用做别的事了。"英歉意。

扬愉快地说："是呀，我们乘机躲懒。"

他背起她就走。

赫辛在停车场等他们。

"今早出门还好好的,此刻可是怎么了?"

"我受了刺激。"

"有人向你求婚?"

"不是王子身份,故大感失望。"

"你选错大学,这是民主国家,没有贵族。"

扬让妹妹先上车。

赫辛漆黑忧虑的脸上总算露出一丝安慰。

英说:"赫辛,我只是肚饿。"

像璜妮达一样,赫辛不知在安宅做了多久。

那天晚上,英拾起笔记这样写——

"我已不能过正常生活,很容易疲倦,全身乏力,像七八十岁老人。

"这一套药,叫作红魔鬼,形容它的霸道。

"自病发至今,感觉像是好端端在路上走,忽然有一吨砖块自天上落下,掷中我头顶,根本不知道是什么砸死我。

"忽然依恋身边每个人每件事,特别是扬,我们心灵相通，自幼一起长大，无话不说，虽然，小时候一生气，会叫他滚回非洲去，而他，曾经在后园掘地洞，妈问他干什么挖一个深坑，他答……'送小英回中国。'

"害怕吗？我已累得不去思想。"

李医生在傍晚来过。

她说："上次点算红细胞数字是三百，那算不错。"

林茜静静看着医生。

"我即刻安排小英入院。"

英已入睡，没有听到。

他们一家三口走进书房。

彼得问："到孤儿院打听过没有？"

林茜答："孤儿院已被政府接收，改为危机儿童宿舍，记录全部电脑化，但是十多年前的文字档案，仍锁在地库。"

扬说："我去翻阅。"

"那是颇为艰巨的工作，我想聘请私家侦探，他们工作有个程序，比我们快捷。"

"先让我去。"

林茜点点头。

第二天一早扬与负责人联络。

那位女士这样说："一切记录保密，并非公开资料。"

"我想查阅自身资料。"

"你是领养儿？"

扬点头。

负责人给他一大沓表格："你填妥了交还，我们会回复你，此刻政府对领养资料已经放宽，你不会失望。"

扬着急："我不能到地库亲手翻阅？"

"年轻人，图书馆在隔壁。"

扬只得把表格带回家。

下午，林茜说："我已托人查过，小英是名弃婴，完全没有记录：凌晨，警察发现路边有一可疑包裹发出呜咽之声，过去一看，发觉是一幼婴。"

扬大惊："一只野狗便可以吞噬她！"

林茜出示剪报影印本："这是当天新闻。"

彼得轻轻读出："弃婴已被医院护理人员命名五月，多人意图领养……"

扬抬起头，不知说什么才好。

"扬，你可想知道你的身世？"

"不。"

林茜答："好，我不勉强你。"

"我有点事出去。"

他高大身形走向门口。

林茜叫住她："儿子。"

扬转过头来："妈妈。"

林茜拥抱他："喂，你，不得沮丧。"

"是，妈妈。"

林茜摸了摸他满头俗称裸麦田的小辫子："我是家中唯一获准放肆的人。"

"是，太太。"

彼得也笑了："我约了人去安大略湖飞线钓鱼，你也来吧，到湖畔冥思静心。"

"是，先生。"

扬心中疙瘩一下子被抚平。

当晚，李月冬医生的电话到了。

"林茜，我想你可以开始在电视上呼吁。"

林茜的心沉下去："危急了。"

"是，过去两个月治疗情况良好，此刻转劣，最佳方式是接受骨髓移植，我本人亦有登记捐赠，可惜不合小英采用。"

"我立刻联络同事发起华裔社区登记活动。"

"林茜，尽快寻找小英血亲。"

"这意味公布她身世。"

"林茜，我们都知道你真爱这个孩子，但是一直以来，你是白人，她有黄皮肤，她的身世，瞒得了谁呢？"

林茜茫然："她黄肤？我都忘了。"

可怜的母亲。

李医生挂上电话，忙着逐一检查病人。

推开英·安德信的房间，发觉病床上没有人。

医生立刻问看护："病人去了何处？"

"她一直在房中。"

医生立刻说："即刻广播。"

十分钟过去，仍然不见病人。

李医生额角已经冒汗，跑到警卫部要求看大门录影机拍摄记录。

录影带上可清晰见到英·安德信穿着便衣离开医院，时间是九时十一分，她离去已经超过三十分钟。

李医生即时知会警方及安氏夫妇。

英到什么地方去了？

她只想离开医院。

英换回白衬衫卡其裤，解除身上管子，吸进一口气，缓缓走出医院。

她也不知想到什么地方去。

以她目前情况，需按时服药，也绝不可能走远。

天气那样好，白云一团团浮在蔚蓝色天空中，像杀英国画家康斯太勃尔笔下风景。

英步行到湖滨去。

她挑一张长凳坐下。

天气一好，老人与孩子都纷纷出动，湖畔相当热闹，偶尔有年轻女郎穿小小胸衣，超窄短裤，踩着直线滚轴溜冰鞋经过，金发与汗毛在阳光下闪闪生光，煞是好看。

英坐着静静看风景。

保姆推着婴儿车经过，有好几对孪生儿，小面孔长得一模一样，胖手胖脚互相拍打，仿佛不大友爱，英看得笑出来。

她不后悔偷走。

冰激凌小贩的音乐车驶近，英买了一只巧克力甜筒。

安家冰箱里塞满类似冰激凌。

璜妮达说的：做小孩已经够可怜，倘若还不能吃饱，还有什么意思？

扬放学回家，可以扫清冰箱内一半食物。

正在享受片刻宁静，一只红色皮球滚过来，停在英脚下。

英随手拾起。

一个小女孩走近，她刚学会走路，穿着考究童装，一双会闪光的小球鞋尤其神气。

她的黑发梳成一条冲天炮，像足杨柳青年画中的小奶娃。

英用中文同她说："你好，球是你的吗？还给你。"

幼儿的母亲走近，却用英语说："说谢谢。"

英抬起头，怔住，她看到的是一个红发绿眼满脸雀斑的太太。

那华裔小女孩分明是她的领养儿。

换句话说，那孩子命运与英相同。

红发女士用普通话问候："你好吗？"

英却用英语："请坐，我们聊几句。"

红发太太笑着坐下："我叫丽池，我女儿叫薛尼。"

"薛尼有多大？"

"十个月十五天。"

英问得很有技巧："到了加国有多久？"

"我们到中国南京领养薛尼时她只得五个月大，已经懂得认人，见到我丈夫一脸胡髭，惊哭不已，我们一眼看见她已深深爱上她。"

又一个动人的领养故事。

英注视薛尼的小面孔，发觉她上唇有缝针痕迹。

"薛尼出生时有兔唇。"

"你不介意？"

红发太太抱起女儿："她是我的女儿，在手术室经过十五分钟就做好缝合，小问题。"

那口气与林茜·安德信如出一辙。

英泪盈于睫。

"我们一组十一对夫妇，同时往南京领养，那时疫症流行，政府忠告我们延期出发，可是中国的规矩是，三个月内不去办妥手续，就丧失资格，所以我们备好口罩勇往直前，现在，我们每月在这公园里集会。"

"十一个家庭？"

"是，一共十一名女婴。"

英笑了，轻轻抹去眼角泪水。

"你要不要来参加我们的野餐会？就在那边。"

"丽池，我想问你几句话。"

因英是华裔，红发太太爱屋及乌："请说。"

"倘若小孩将来有病，你们会怎样？"

她愕然："有病看医生呀。"

"会否后悔？"

红发太太笑了："孩子不比电冰箱、洗衣机，坏了，有缺憾，可以退还原厂换一台。"

英一直点头。

红发太太热诚邀请："过来喝杯热可可。"

这时那领养儿的爸爸走近，果然，一脸金色大胡髭，眼若铜铃，蛮惊人。

可是小薛尼已经不再害怕，一手拉着爸爸手，一手去拔胡髭，他们一家三口嘻嘻哈哈地走开。

西方人领养华裔儿童数目越来越多。

十岁八岁时英问过林茜妈："英是路边捡回来的吗？"

璜妮达抢着回答："英是耶稣送给妈妈的礼物。"

英轻轻站起来。

她用公众电话叫了一辆计程车。

回到家中发觉门前停着警车。

扬第一个奔出来。

他见到英立刻紧紧抓住她的手，大声叫："妈，妈，英在这里。"

大门立刻打开，一家人一齐冲出来，都卡在门口，进退两难，彼得手臂挤得变形，直呼痛。

林茜挣扎着退后。

扬忍不住大笑。

警察最镇静："谁是英·安德信？"

英举手："我。"

这时，她体力已经不支，眼前发黑，兼冒金星。

家人一句责备也无，立刻通知医院，警方忙着销案。

只有璜妮达忽然发起脾气来，指着英说："你这孩子，一点也不为别人着想，这算什么呢，把我的心揪了出来——"

她进厨房去，砰一声关上门。

林茜柔声问："女儿，你到什么地方去了？"

"我去公园。"

"你看见什么？"

这时，扬轻轻哼起卜狄伦[1]的反战歌曲："你去了何处，我的蓝眼儿，你看见了什么，我亲爱的年轻人？"

"好了好了，"彼得抹去额角的汗水，"回来就好。"

林茜说："英，你来看看我们即将刊登的寻人启事。"

她摊开图样。

英靠在兄弟身上，看到启事上有自己极幼时的照片。

文字十分动人，一看就知道由林茜·安德信亲笔撰写。

"寻人：华裔少女患急性白血病，渴望联络血亲，她是

---

[1] 即鲍勃·迪伦（Bob Dylan），美国摇滚、民谣歌手。

领养儿……"启事注明警方拾获小英的年月日、地点,英身上特征,以及当时衣着。

林茜文笔简单真挚:"请协助我爱女渡过难关,她性格开朗活泼,在大学读哲学,不喜打扮,常做义工,我们一家感情良好,盼望有好消息。"

接着一段日子内,林茜到各行家的时事节目内客串,请求华裔社区伸出援手。

第一轮捐赠登记在星期日举行。

那天滂沱大雨,但仍有两百八十多名热情市民参加,他们撑着雨伞在社区中心大堂门前排队。

扬与蜜蜜、璜妮达及赫辛在门前派发饮料松饼,向每个人道谢。

林茜在华人报章上再次刊登启事,这次,选用一张小英在哭闹时拍摄的照片。

林茜这样写:"一个妈妈给另一个妈妈的信:你一定看到我的陈词,一定知道我内心焦虑,请与我联络,我会尊重你的意愿,维护你的私隐。"

可是并没有任何人出来与他们接触。

璜妮达唏嘘："也许已不在人间了。"

扬为妹妹奔走，瘦了一圈，全身精壮肌肉，没有一丝赘肉。

林茜苦中作乐："你们看，扬身段像不像英勇的祖鲁战士。"

彼得却说："我有事周一需赴苏黎世开会。"

林茜答："尽管去，我们这里已上轨道。"

"我舍不得走。"

林茜没好气："从前不见你说这句话。"

"林茜，我想留下来。"

林茜答："太迟了，我已有意中人。"

彼得嗤之以鼻："是菲立士吧，你别看他表面上文质彬彬，私底下行为浪荡，专攻小歌星。"

大家听见他破格地信口诋毁情敌，不禁想笑。

林茜大笑："不是菲立士，好了没有？"

家里少了小英，比从前静得多。

有一段日子，扬专爱唱快板，英陪他一起打拍子和唱，那真是奇景：一名华裔少女的口气、手势、舞姿，可以做得同黑人一模一样。

他们试过组成拍档去老人院演出。

她是扬唯一的妹妹，除她之外，扬不知其他同胞。

英手巧，时常帮扬做立体模型：莱特兄弟的双翼飞机、霓虹的分子模型、埃及金字塔建筑内部……全部取得甲级成绩，叫扬感激不已。

英重病叫他辗转反侧，潸然泪下。

他一直想送英入教堂：黑人兄弟！准叫男方亲友下巴掉落地上。

如今这小小意愿不知是否可以实现。

林茜敲门："儿子，是我。"

"妈，请进来。"

林茜坐在椅子上："扬，你怎样看？"

"只好耐心等待。"

"英像一只受伤小鹿，十分安静，并不挣扎，接受命运安排，叫我心如刀割。"

扬重重吁出一口气，一拳打在墙上。

"但我又有预兆，觉得英会无恙，毕竟那么多人走出来帮我们。"

母子谈到深夜。

第二天清早，林茜刚合上眼，她的私人电话响了。

她即时苏醒。

这部电话的号码只有一个用途：专供读到启事的人回复。

她立刻回答："我是林茜·安德信，请问你是谁？"

那边没有出声。

林茜安慰："不要紧，慢慢说。"手心已经冒汗。

是她了。

一定是她。

对方终于开口："你在启事中刊登照片，我认得该名婴儿。"

"她已长大成人，她叫英。"

"多谢你照顾她。"

林茜答："我是她母亲。"

"我愿意捐赠骨髓。"

"我马上来接你，请问你住在什么地方？"

她想了想："不，我可自行到医院。"

"我等你。"

"你说过，可为我保守秘密。"

"一定，我是出来做事，稍有名望的人，你可以相信我。"

"是，英很幸运。"

"三十分钟后在西奈山医院李月冬医生办公室见面，可行吗？"

"再见。"

电话挂断。

林茜霍地跳起来。

不愧是做惯事的人，她用冷水洗把脸，立刻致电李医生。

医生已经在办公室："我等你们。"

林茜也来不及化妆梳头，她换上运动衫便驾车出门。

早上交通挤塞，她冒险犯规，公路摄影机起码拍摄到她三次不良记录。

她把车停好，急步走进李月冬医生办公室。

医生问林茜："那女子语气如何？"

林茜却说："先给我一大杯黑咖啡。"

医生又问："只得你我见她？"

林茜喝一口咖啡："她说英语，尚有华裔口音，语气相当平静。"

"还有五分钟到约定时间。"

林茜忽然紧张："你说她会出现吗？"

李医生答："既然已经鼓起勇气现身，我想她不会退缩。"

"我们那些捐赠者可有配对者？"

李医生摇头："全不适用。"

林茜叹口气："留待下一次下一个病人吧。"

时间到了，那女子并没有出现。

"尽量镇定。"

林茜苦笑："我人生之中一颗心从未跳得这样厉害。"

想不到医生还有以下的幽默感："第一次接吻呢？"

有人敲门。

"进来。"

她们深深吸一口气。

但是进来的只是送文件的人。

林茜与医生面面相觑。

隔一会儿林茜说："让我抹一抹口红，免得吓坏人。"

正对着小镜子理妆，又有人敲门。

这次医生亲自去拉开办公室门。

是她了。

一看就知道是什么人。

简直是小英的印子。

尤其是那美丽蜜黄色的皮肤与一大把黑发，一模一样。

李医生说："请坐。"

女子静静坐下。

林茜讶异她是那样年轻，看上去似小英姐妹，反而她真是个老妈了。

那女子问："请问程序如何？"

李医生说："我帮你抽血检验。"

医生手势熟练，手指纤细敏感灵活，像钢琴大师一般，病人也不觉痛，她已完成工作。

李医生亲自把样本送往实验室。

办公室内只剩林茜与女子。

静得可听见呼吸声。

林茜斟杯咖啡给她，一边拢着头发，一向注意仪容的林茜今日大失水准。

　　只见女子穿着蓝白蜡染布料裁剪的衣裤，民族服饰一向优雅，更显得她特别。

　　过一会儿她问："孩子，她可痛苦？"

　　林茜回答："医生与家人已尽力帮助她。"

　　她俯首，只看见一头乌亮头发，更像小英。

　　她又轻问："孩子可有男友？"

　　"她叫英，她很得男生欢喜，许多约会，尚未有意中人。"

　　女子慢慢说："我时时担心她吃不饱穿不暖，不开心，甚至已不在人间。"

　　"英一直是个好孩子。"

　　"是你的缘故吧，谢谢你。"

　　林茜摊摊手："我只是一个很普通的妈妈。"

　　女子又垂头。

　　这时李医生推门进来："明晨可知检验结果，这位女士，现在我可以带你去见英。"

　　那女子立刻站起来："不，请勿告诉她我是谁。"

　　医生看着她："我们并不知道你是谁，以及怎样与你联络。"

"我住在旅馆,这是我的地址电话。"

林茜记者触觉敏感:"你不是多市居民?"

她摇头:"我十年前移居西岸,我是看到中文报章上这篇特写才到东边来。"

她出示一份中文周刊,上头有详细图文报告。

李医生看一看,同林茜说:"是一篇集中报告,写得很好。"

女子声音极细:"婴儿当日穿白色小布衫,用一张蓝白格子蜡染布料包裹……这是她了,当天,她十五日大。"

医生说:"同医院估计相仿。"

"她五月一日出生。"

"我们把她生日定在五月十五。"

"英是一个好名字。"

李医生实事求是追问:"请问你家族中可有人患这个病症?"

女子摇摇头:"我要回去了。"

医生想知道更多:"且慢。"

女子露出一丝惊惶神色。

林茜连忙说："明晨我们再联络，我驾车送你，这里不好叫车。"

"不用客气，我租了车子。"

医生还想说话，被林茜用眼色制止。

女子静静离去。

李医生呼出一口气："救星到了。"

林茜说："她没有多大改变，仍然保留着原乡文化，穿着她喜爱的蜡染布料，我猜想她是南亚华侨，当年或许前来读书，意外怀孕、生产，不知所措，怕不容于社会家庭，故此丢弃孩子。"

"为什么不正式交出领养？"

"她或许只有十六七岁，又或许怕有人问太多问题。"

"你应问她要姓名年龄。"

"她不想说，你问她，她只答是张小玲、王阿珍。"

医生十分现实："你说得对，我要的不是名字身世故事，我要的只是配对骨髓。"

林茜说："我想去看看小英。"

她走到病房，只见扬比她先到，正陪英玩扑克，一边哼着流行曲。

两兄妹精神都很好。

看到林茜，扬大吃一惊："妈你没有打扮。"

林茜笑答："仍是你妈妈。"

"那当然，更加可亲。"

英忍不住说："扬是我见过最会说话的尼格罗，简直油腔滑调。"

扬关掉收音机："妈妈有话说？"

"我来看看英。"

"有无人读了启事现身？"

林茜探头过去，用她鼻子去擦英的鼻子。

英幼时林茜时时那样逗她玩。

林茜握住女儿的手一会儿："我还有事，傍晚再来。"

英看着妈妈背影。

"妈没回答你的问题，我可能没救了。"

"嘘。"

英低下头看牌："刚才我们玩到哪里？"

扬忽然说："英，你读哲学，可以回答我一个问题吗，人死后往何处？"

"哟。"

"试答。"

这时璜妮达推门进来："小英今日怎样？"

"璜，你来得正好，扬问：人死后往何处？"

璜妮达毫无犹疑："去耶稣那里。"

英微笑："有信仰真好。"

璜取出家制烘饼："英，你最喜欢的蓝莓。"

医生进来说："又有吃的？"

"医生你也来一个，试试我手艺。"

凌晨，林茜还在书房做笔记，电话铃响了。

"林茜，我是李月冬医生，林茜，听着，那女子的骨髓完全配对，脱氧核糖核酸检查证明她毫无疑问是小英生母。"

林茜发觉她全身细胞逐一活转。

有救了。

小英有机会存活。

林茜喜极而泣："你还在实验室？"

"是，我逼着他们通宵工作。"

"那么多人愿意出力，小英一定有救。"

"世上好人比坏人多。"

林茜说："我要立刻通知彼得。"

"林茜，即时知会那个女子，请她到医院来。"

"等天亮我立刻通知她。"

"我一直在医院。"

林茜把好消息通知彼得，他在大西洋另一边如释重负。

林茜又奔到地库："璜妮达，找到配对了。"

璜跳起来："我立刻去通知赫辛。"

安宅灯火通明。

忽然有邻居过来敲门："可是有好消息？"

璜连忙说："找到配对了。"

邻居与林茜紧紧拥抱。

天蒙蒙亮时，林茜驾车前往汽车旅馆找那女子。

她有点紧张。

女子还在旅馆里吗？

刚驶进旅馆停车场，林茜的手提电话响起来。

"我是林茜·安德信，哪一位？"

那边怯怯地说："你说过今晨会有报告，对不起，也许太早了一点，医生怎样说，有结果没有？"

呵，女子并没有临阵退缩。

林茜颤声回答："我在旅馆门口，我来接你去医院。"

林茜看到平房其中一扇门推开，那女子缓缓走出来。

林茜下车迎上去，她俩紧紧相拥。

林茜把她载到医院。

一路上两人没有说一句话，一切言语都像是多余。

李月冬医生知道她们要来，一早准备妥当。

医生满面笑容迎出来，握住她们的手。

"这位女士，现在可以把名字告诉我们了吧。"

女子想一想，低声回答："我姓关，叫悦红。"

"很好，关女士，这些文件有待签署，请你读一读，你有不明白之处，院方有翻译帮你，同时，我想向你解释手术过程。"

林茜到医院另一翼去看女儿。

推门进去，看到扬在床角的睡袋里好梦正浓，一边堆着他的手提电脑及零件。

他索性把工作搬到妹妹病房来做。

林茜蹲下推醒他。

扬睁开双眼，林茜示意有话要说，他掀开睡袋跟林茜走到房外。

林茜把好消息告诉他。

扬咧开嘴笑，露出雪白牙齿，到底年轻，笑不多久，忽然又流泪。

"去，去把好消息告诉妹妹。"

"爸知道没有？"

"我已通知他。"

"可知捐赠者身份？"

林茜微笑："因不想增加他们压力，院方一贯守密。"

林茜心思灵活，暂时不想孩子们知道太多。

"捐赠者十分伟大，凡是手术，均有危险，需在盆骨钻几十处采取骨髓呢。"

林茜点点头。

这时，璜妮达送早餐来。

扬说："璜宠坏我们。"

那老好管家却说："我还能做些什么呢。"

大家都庆幸小英找到生机。

璜说："请与我一起祷告。"

她拉着林茜母子的手，开始用西班牙文祷告，有人经过，要求加入，稍后医生护士也受感染，伸手搭住他们，不到一会儿，已聚集了十多人，各自用本身母语祷告，最后，同声说阿门，人群又静静散去。

林茜回转李医生处。

关悦红已经准备妥当。

林茜轻问："你可要见一见小英？"

她仍然摇头。

"你无须表露身份。"

她还是摇头。

"我有她近照。"林茜打开手袋。

李医生按住林茜的手。

林茜问关女士："你这次来，不是与她团聚？"

关悦红清晰地回答："我这次来，是为着捐骨髓。"

林茜睁大了蓝眼睛。

关悦红接着轻轻说："你才是她母亲。"

林茜别转头去，坚毅的她不禁泪盈于睫。

惊惶慌乱紧张中，她也怕英会认回生母，从此疏远养母，但是母女相认是件好事，她从未想过要从中阻挠。

没想到这女子比她更加明白道理。

关悦红轻轻说："之后，我结了婚，我有别的孩子，他们以为我来东岸探亲，我的生活还过得去，这件事之后，我会悄悄离去。"

林茜点点头。

"你们……为什么不责备我？"

李医生想一想："斥责他人太容易了，我一向不做那样的事。"

林茜吁出一口气："见略相同。"

关悦红不再出声。

看护进来："请跟我走。"

林茜忽然觉得疲倦。

她轻轻说："岁月不饶人。"

雪肌

柒·

无论什么，你不放在心上，
人家也就不能奈你何。

当天傍晚，林茜在晚间新闻里鸣谢公众，多谢他们参与救助英·安德信，得体地希望他们继续为其他病人登记配对。

小英在病房中看到新闻，感动不已。

她向同学蜜蜜说："我妈最好。"

蜜蜜不住点头："她真能干，又愿全心全意为子女，这些年来，扬名立万，可是，从不忽略家庭。"

"我仰慕我妈。"

蜜蜜忽然说："家母至今没学好英语，她是个平凡的家庭主妇，平日只在小孟买一带出入，可是，她也是最好的妈妈。"

英笑："我们多么幸运。"

"有一首儿歌，叫作《如果你知道你快乐》[1]——"

"如果你知道你快乐就拍拍手，如果你知道你快乐就踏踏脚——"

两人像孩子般唱了起来。

蜜蜜同好友说："有一刻，我以为我会失去你，我怕得失声痛哭，连我自己也不明白，原来不同国籍也可以成为好友。"

英说："扬打听过，这家医院像联合国，共有三十八个国家语言的翻译，大部分是员工，也有义工。"

"真不可思议，这许多移民，都跑到同一片土地上来，乐意遵守这个国家的律法与制度。"

"这会不会是论文的好题目？"

"可惜我们不是读人文系。"

扬推门进来："又在谈论男生？"

蜜蜜一看到他就嚷出来："光头！"

扬说："我陪小英。"他摸摸头皮。

---

[1]《如果你知道你快乐》：即《如果感到幸福你就拍拍手》。

小英头发已掉得七七八八，她索性剃光头发戴帽子。

扬亲吻妹妹的手："清人，你有救了。"

蜜蜜笑得落泪："你叫我什么？"

"咖喱？"

大家笑作一团。

看护进来观察小英，听见他们互相戏弄，不禁笑说："谁叫我青蛙，我可要生气。"

她是法裔。

英用流利的法语答："你理那些人做甚，他们是屎。"

"你听，光是这句话就惹架打。"

"你说呢，真正的种族和谐有无可能？"

看护答："像我国这样，表面和平共处已经不易。"

"你指法国？"

"不，我国。"

"是是，我们都宣过誓效忠，不可食言。"

看护同小英说："你需先做辐射治疗，明白吗？"

英点头。

蜜蜜看看手表："我得回家赶两份功课。"

她告辞。

英问看护："谁是那善心人？听说，我们可以通信，但只允用名字称呼，不可提及姓氏。"

"你的捐赠者说不必挂齿。"

"那是什么意思？"

"他匿名，不想透露身份。"

"是位他？"

"是一名女士，好了，小英，你该休息了。"

英叹气："这阵子体力不支，时时不自觉堕入睡乡，忽而又醒来，继续做人，未老先衰。"

"你就快打胜仗，不可气馁。"

"倘若不再醒来，也不十分介意呢。"

"千万不可这样想，病人意志力最重要。"

英还想表示感慨，但是已用尽了力气，病人连发牢骚也乏力。

看护轻拍她的手。

半夜英缓缓醒转，她发觉房间里有人。

她想扬声，但努力运气，力不从心。

那人不知她苏醒，站在角落不出声。

英看着他，这是谁，不是林茜妈，也不是扬，呵，莫非是要来带她走。

英不动声色，那个穿深色衣服的人踏前一步。

英忽然想到床头有唤人铃，她转头去找，再抬头，那人已经不见。

这时，天边渐渐露出曙光。

扬推门进来，他高大、强壮、大眼、黑肤，不怒而威，可是他吓走了刚才那个人？

他蹲到妹妹身边："昨夜我在家睡着了，两只闹钟都叫不醒。"

"我很好，我没事。"

"你看，天又亮了。"

英把头转向窗户。

"地球自转亿万年，世上分日夜，夏季太阳照在北回归线上，日长夜短，冬季相反……英，为什么人类只在这奇异星球上短暂存活数十载，却受尽各种苦楚？"

英微笑："这像一篇极佳小说的开头，完全吸引住读者。"

扬蹲到妹妹身边。

"妈比我还不济,推都推不醒,还是璜妮达最灵光。"

"叫你们操心了。"

扬脱下线帽,摸一摸光头:"先一阵子还以为失恋最惨:天地变色,寝食难安,一见伊人与别的异性说笑,心如刀割,现在明白,那真是小事。"

英故意问:"那女郎是谁?"

没想到扬会坦白:"纳奥米·布列。"

"她?"小英诧异,"虚荣的她配不上你,我自初中就认识这女孩,成日到卫生间照镜子,叽叽喳喳,谈论化妆、衣饰、男生,毫无宗旨。"

"我现在也明白了。"

英笑:"可是,当时为什么看不清呢?人们老是错爱。"

"今日你把纳奥米加贴一百万美元送给我我也不要。"

"你几时爱上该女?"

"九个月前。"

"现在爱谁?"

"最爱家人。"

小英揶揄他："唏，我也有份儿，多好。"

"你的唐人男友可有来探访？"

"他们逃也来不及，怕我扯住他们的衣角哀哀痛哭缠牢不放，试想想：一个病人，又来历不明，身份太沉重了。"

扬也这样说："他们配不起你。"

英微笑："我也这样想，不过，是否应当严峻地考验别人呢，我又认为不恰当。"

林茜进来："在谈什么？"

扬说："我与英最投契，有说不完的话题。"

林茜微笑："那样最幸运。"

英说："两个不相干的孤儿，因为妈妈，被拉到一块儿，成为至亲。"

这时病房门又被推开，原来是彼得·安德信直接由飞机场赶到，手上拿着大盒礼物，一脸胡子拉碴。

小英欢呼，浑忘一切烦恼。

她的手术定在下周一。

在安家是大事，对医院来讲，稀松平常，属日常营运之一。

彼得悄悄与林茜说:"是生母?!"

林茜点头。

璜妮达是安家一分子,她插嘴:"你可有问?"

"问什么?"

璜妮达愤慨:"当日为什么把幼婴扔在街角?难道这样问算是无礼?"

林茜不出声。

"她姓甚名谁又几岁?一直住在什么地方?以后打算怎样对小英?这些日子,她吃睡如常?"

彼得说:"璜,请给我拿咖啡来。"

支开了她,两人松口气。

"这次现身她也需要极大勇气。"

"我们一家应与她见个面吧。"

林茜说:"她已经走了。"

彼得大表意外:"什么?"

"她完成使命,走了。"

"没与小英相认。"

"各人想法不一样,她已悄悄离去。"

"何等意外。"

璜妮达捧着咖啡进来，听到也不作声。

"多么奇怪的女子，每次做法都叫人讶异。"

璜妮达这次说："走了也好，英的生活可重趋正常。"

林茜说："也许，应待华裔夫妇领养小英。"

彼得答："华裔婴孩难寻同种族养父母，华人只占五分之一领养个案，华裔家庭少与社工机构接触，他们领养孩子理由，也与白人家庭不尽相同。"

"所以婴儿给了白人夫妇，屡见不鲜。"

彼得咳嗽一声："林茜，我再次要求复合，我们是一家人，没理由分开。"

"彼得，小英即将痊愈，难关一过，我体力可以应付的话，一定会投入工作，我始终不是一个好主妇，让我们维持原状。"

璜妮达瞪她一眼："固执如牛。"

林茜把老管家推出门外："今日你是末日天使，来审判死人与活人吗？"

"璜说得对。"

"彼得我们都爱你，但我不想回到从前的冷战岁月。"

"我会继续努力争取。"

"之前不是听说你与火石轮胎女太子约会？"

"我与她在一起不自在。"

"给些时间。"这名前妻真开明。

"林茜，我已活了超过半世纪，下了班只想搁起双腿像今晚般聊天喝咖啡，谁还耐烦穿成企鹅似的在宴会厅双眼凝视女伴含情脉脉……博取什么？"

林茜笑："你的确什么都有了。"

"希望小英恢复健康。"

他们举起咖啡杯祝愿："健康。"

周一，大日子。

小英进手术室时笑嘻嘻，林茜分外心酸。

李月冬医生心情大好："林茜，我不会给病人家属虚妄希望，但是这次我真的十分乐观。"

彼得整个人垮垮的，不住搓着双手。

李医生说："扬，你与父亲去打一场壁球好了。"

彼得答："医生真是铁石心肠。"

医生笑："交给我。"

李医生陪着病人进手术室。

林茜说："人类医术也真的进步了，我俩是铁证。"

彼得想一想："却仍然只有治疗，没有预防。"

"嘘。"

只见扬在看一份报告，林茜说："读给我们听了解闷。"

"这份报告自网上下载了给小英看：'白人家庭领养儿童，不一定只因不孕，不少家庭的子女长大了，基于爱心，愿意照顾身心可能有障碍的儿童，除了在本地领养，还可通过中国政府提供的国际领养机构……'"

林茜说："同事徐慧晶去年前往中国福建省福州市领养一名女婴，很健康活泼，一提起幼婴，她立刻会笑。"

扬说："全是女婴。"

"据统计，每年有百万计女婴被遗弃。"

"二十年后女性人口流失将造成不可思议的后果，为什么越是文明古国越是歧视女婴？"

林茜说："有几本书写这个现象，基于政治因素，吞吞吐吐，未能畅所欲言。"

扬说："我替女性不值。"

"若干年前，社会资源有限，女性教育水准普遍低落，找不到较好工作，又因体质，不能做劳工，没有收入，便遭人轻视。"

"原来如此。"

"徐慧晶曾向我说，她在二十世纪七十年代出生，可是她母亲仍有重男轻女思想，自幼对她兄弟有求必应，对她则诸多推搪。"

"也许是慧晶多心了。"

"其实慧晶资质品格均胜她兄弟多多。"

扬忽然说："奥都外公却没有这种想法。"

"所以小英这件事暂时不告诉他，免他操心。"

"待会儿我与扬去看他，免他疑心。"

大家重重吁出一口气，将碳酸气吐出胸肺，像是舒服了许多。

彼得公司有人来找，他们在走廊上密斟[1]，终于他无奈

---

[1] 密斟：粤语，密谈。

说："有一个大客户一定要见我。"

林茜说："你去吧，这里有我。"

扬说："我去找奥都外公喝杯咖啡。"

"开着手提电话。"

所有人走开，还有妈妈。

这时，有人悄悄走近："安德信太太？"

林茜抬起头，看到一个华裔青年。

她立刻问："你是小英的朋友？"

"我是工程系同学朱乐家，昨日才听蜜蜜说英要做手术，这一学期我在爱门顿参加羽毛球集训，来迟了，对不起。"

那俊朗的华裔青年长得像东洋人漫画中素描的正面角色，浓眉大眼，笑容可掬。

他手中拿着一束小小紫蓝色勿忘我，一本英文书，打算送给小英。

林茜马上对他有好感："英在手术室，医生会间歇同家属汇报。"

"我竟不知道她病重。"

林茜答："来得十分突然，大家都吃一惊。你是小英好友？"

朱乐家忽然有点忸怩："英不知我存在。"

"怎么会？"

"我不过是芸芸众生中一名。"

说着面孔忽然红起来。

林茜微笑。

她想起少女的她追求者多得叫父亲拔掉电话插头，又对上门按铃的男同学恶言相向。

林茜十多岁时喜欢穿窄衫、短裙，像个模特儿，活脱脱是典型蠢金发女，一点宗旨也无，一天活到另一天，快乐似神仙。

她吁出一口气，摆出一副家长模样："工程科范围广阔。"

"我专修桥梁建筑。"

"多么有趣。"

少年打铁趁热："可是都不及新闻行业多彩多姿，我自幼追看'林茜说……'时事节目，只见你大江南北五湖四海，无处不去，社会五花八门奇异现象，你深入浅出，一一道来，叫观众心旷神怡，大开眼界。"

好话谁不爱听。

林茜本来绷紧的神经被朱乐家逗得轻松起来。

这时看护出来:"安德信太太,手术进展良好,病人情况稳定,约三十分钟后可以出来。"

朱乐家"呀"一声,跌坐在椅子上。

可见小英在他心目中地位不轻。

他更加活泼了:"刚好趁英苏醒把书送上。"

"是什么书?"

他给林茜看,是福克纳的《声与怒》[1],林茜噫的一声,他接着打开扉页,林茜更加诧异,原来右上角有福克纳亲笔签名。

朱乐家说:"我自网上拍卖得来。"

这少年也许家境与功课均稀松平常,但这样懂得生活情趣,已经难能可贵。

做人最终目的不过是健康快乐。

林茜已认定他是女儿的男友。

---

[1] 《声与怒》,即 The Sound and the Fury,内地译为《喧哗与骚动》。

"我代英多谢你。"

"英有广泛阅读兴趣。"

英最需要的不是名成利就，而是健全温暖的家庭，假使不能够，才求举世闻名吧。

活了那么久，生活经验丰富，林茜发觉快乐与升官发财毫不挂钩，年薪千万，红遍北美，不过是刹那兴奋，明朝醒来，又得更艰苦维持身价不跌，时时刻刻动脑筋求更进一步，苦杀人。

十分耕耘，半分收获，一刻不能松懈，敌人虎视眈眈，到了这个位置，如此高度，每个行家都是敌人，哪里还有朋友。

可是已经走上这条路，又不愿前功尽弃做个普通主妇。

林茜连烩蛋都做不好，不是太生，就是煮得蛋黄发绿，剥壳时又弄得支离破碎，只得重新回到新闻室去。

这时听得小朱问："安德信太太最近读些什么书？"

林茜笑："年轻时动辄史略脱、史坦倍克、加谬、沙特、马尔盖斯、聂路达[1]，此刻床头放着《一百张椅子》《一

---

[1] 内地译为司各特、斯坦贝克、加缪、萨特、马尔克斯、聂鲁达。

百双鞋子》这种图画书。"

"有无读小说？"

"我喜读爱情小说，可是现在很少有人写这个：做得越好，荡气回肠，感人肺腑，评论越是轻蔑，做得理智，又不算爱情小说了，你说可是？"

朱乐家不住点头。

这时医生出来了："林茜，一切顺利。"

看护跟着推出小英。

躺在病床上的她瘦弱得似一只破布娃娃，可怜。

"小英，醒醒。"

"女儿，握一下我的手。"

英无力，只是牵一牵嘴角。

李医生看到年轻人："你是英的男友？"

朱乐家唯唯诺诺。

"戴上口罩穿好袍子，进去说一两句话，不要久留。"

朱乐家立刻遵命。

李医生微笑："给你三分钟。"

林茜点点头。

李医生坐下来，脱下罩袍："下午还有一个同样的手术：四十五岁男子，有个十岁及八岁儿子，捐骨髓给他的是一个陌生十八岁少女。"

林茜说："我们一家都已经登记。"

李医生忽然轻轻说："林茜，我也是领养儿。"

林茜惊愕。

"看见小英，像是对牢镜子一般。"

林茜连忙说："你已健康成长，事业有成。"

"养父母是一对教授，不知怎的，一直瞒着我，临终才委托律师告知真相。"

"你一点没有思疑？"

"真的没有，至亲至爱，他们视我为掌上明珠，悉心栽培，我三岁起便跟名师学小提琴。"

林茜忍不住问："可是为什么自私地不告知身世？"

"他们是好意。"

"何故？"

"我自己去调查过，得悉我是乱伦之子。"

林茜算得见多识广，可是也不禁耸然动容。

"试想想，若一早知道答案，如何应付。"

林茜感慨说："你真是明白人。"

"迟些才向小英透露这次捐赠者身份。"

"我明白，我现在进去看她。"

林茜推门进去，只见女儿已睁开眼睛，听着小朱说话，一眼看到林茜，张口喊妈妈。

林茜一向自比铁汉，可是此刻也忍不住落下泪来。

"一切都好，英，大家都放心了。"

小朱悄悄走到一边去插好勿忘我。

这时病房门打开，所有的人都来了：奥都公、扬、璜妮达、赫辛。

每人过去说几句话，三分钟后全被看护请出去。

这时，忽然听得小英的声音："死不了，又担心头发会否长回来。"

李医生保证："一定会。"

这时小英又说："可惜捐赠者不是高加索人，否则靠人家的遗传细胞，我或许终于可以拥有黄头发白皮肤。"

扬说："你先睡一觉，醒来双眼会转蓝。"

兄妹又开始揶揄，小朱骇笑。

这分明是种族侮辱，但在亲厚的兄妹间，反而成了最佳笑话题材，由此可知，无论什么，你不放在心上，人家也就不能奈你何。

小朱有顿悟。

几次三番，他与同学大打出手，就是因为人家一句支那人、清人、吊梢眼、傅满洲……这种称呼，恁地小气，何必对宵小那么认真呢。

这一家人给他极大启示。

这时英伸手招他，他走近。

"朱乐家，多谢你来看我。"

"我是那个在图书馆时常坐你对面的人。"

"我知道，你桌上总有一袋巧克力豆。"

"正确。"

"下次见你，我会打扮一下。"

"我不喜女孩化妆，你这样已经很好。"

英已乏力，他告辞离去。

林茜唤住他："朱，可有时间？我们回家庆祝，一起喝杯香槟。"

小朱求之不得。

回到家，老邻居又出来打探消息，得知手术成功，喜极而泣。

安家准备了简单自助食物，他们有说不完的话题，自以巴之争说到华裔导演作品，忽然话题又转到诗的功能，新古典建筑包括巴特农神殿被西方国家模仿次数……

是扬先叫出来："我累了，爸妈精力无穷，难以应付。"

小朱笑着道别。

安宅各人回房休息片刻，又陆续去看小英。

这次，蜜蜜先去，她轻声诉苦。

"他住新德里，是印度理工电脑科学生，二十二岁，活脱脱书虫模样……"

英说："印度理工学生全是精英中精英，收取率只有百分之二，耶鲁大学是百分之十。"

"二十一世纪了，家人还逼我盲婚。"

英微笑："你不可拒绝？"

"叫家人名誉受损是死罪。"

"我的天。"

"倘若我躲到你家，连你们也有危险。"

"我不相信。"

"你不读新闻？两年前西岸温哥华白石区有一名印裔女子私奔回乡与一货车司机结婚，她父母与叔父买凶在当地杀死她，且逍遥法外。"

英瞪大双眼。

蜜蜜黯然："明年我就要同陌生人结婚。"

"趁现在多通电邮，互相了解。"

"我心中另有标准。"

"谁？"

"像你兄弟扬最好。"

小英大惊："不可能。"

"我仰慕他聪明上进乐观，自爱爱人——"

英点头："活泼、有幽默感，又具生活情趣。"

"勤奋好学，待己严对人宽厚，什么事都一笑置之，不予计较。"

"他是黑人。"

"肤色不重要。"

"怎么不重要，凭这肤色他进大学可获优待。"

"英，我一直看着他奋力保护你这个妹妹，真叫人感动。"

英点头。

"大雨，他把伞让给你，你累了，背你走，替你提书包，细心教你打篮球，谁欺侮你，挡你面前，好几次为你到校长室听教训，我都看眼内。"

英也微笑，吁出一口气。

"进了大学，督促你读书，在演讲厅旁听保护你，在合作社买午餐给你吃……哟，羡杀旁人。"

英很满意："没想到黑人那么细心吧。"

"听说一次他帮一个华裔少女拾起书本，那少女见到黑人吓得哭起来。"

"那是个十岁八岁小女孩。"

"你小时不怕他？"

"小时我思想混淆，以为每个家庭都由不同肤色人种合成，像一袋七彩巧克力豆。清一色？那多闷。"

蜜蜜说："我渴望有白皮肤，那样，我可以夜夜笙歌，穿低胸衣，到不同男友家过夜、文身、戴脐环，多开心。"

"嗯，酗酒、吸毒、躺街上。"

"英，你真是我好友。"

这时扬进来了，蜜蜜脸红，立刻告辞。

扬问："蜜蜜为什么眼红红？"

"父母命令她明年回家乡结婚。"

"盲婚？"

"说得好听些，是家族安排的婚姻。"

"她打算顺从？"

"扬，那是她家的事。"

"唏，幸亏我们在安德信家长大。"

"扬，可否帮我追溯那位捐赠者的身份。"

"英，不要勉强。"

英不出声。

"至于你我生母是谁，亦无须理会。"

英抬起头来。

"你有许多功课要赶出来，如不，则需多读一年。"

"我情愿赶。"

"我帮你。"

"好，明天开始。"

"那个朱乐家，我们都喜欢他，他有勇气，不怕白人黑人。"英笑得落泪。

扬说："不够胆子，谁敢追求你？不过白人又还客观些。"

英说："扬，换一个话题。"

他们说到希腊政府又向英国索还阿尔琴大理石雕塑一事。

扬说："所谓阿尔琴大理石，其实是雅典巴特农神殿墙上一幅浮雕，一八一一年被考古学者阿尔琴爵士带返伦敦，其实是抢掠盗窃行为。"

英说："整座大英博物馆模仿巴特农神殿建造，馆内的东方文物部有一列列中国佛像头部与佛手做拈花微笑状，全从石像上砍下运走——"

看护进来说："让病人休息。"

扬问："你是否英国人？"

看护笑嘻嘻："我正是希腊裔。"

大家都笑了。

雪肌

捌·

「我俩领养，并非因为寂寞，
孩子们需要一个家，
我们需要子女温暖，互相合作。」

两个星期后，小英出院。

她头上已长出绒毛似的短发。

新骨髓即时开始运作，红白细胞数目恢复正常。

安德信母女都得到重生机会。

林茜放下心头大石，出差去非洲，前象牙海岸[1]一带内战连连，乱成一片，极需关注。

彼得如常回公司主持大局。

英返回校园。

那样混乱的场面忽然又平静下来。

---

[1] 即科特迪瓦。

英定时返医院检查，监视病情，每次都得到好消息。

英参加了一个互助会，这个会的成员很有趣，全属华裔儿童领养人，定期聚会，策划活动，帮养父母更和谐地带大这一群来自远方的孩子。

英成为他们的非正式顾问，她本身是活生生的例子，可以提供许多实例：受同学取笑该怎样应付，到何处学习中文，应否回乡寻根，哪几个节日非过不可，平时，穿西服还是穿中装……

英都尽量为养父母解答。

会里有不少专家提供意见，但他们都喜欢英出来现身说法。

"你长大后可寂寞？"

"长大后只觉幸运。"

"你是否真正与养父母有深切感情？"

"我们真爱对方。"

"可以举个例说一说吗？"

"先一阵子，家母需要做肝脏移植，我与兄弟愿意捐赠，而家母，随时会为我俩挡子弹。"

养父母们耸然动容。

"假如有人追问为什么要领养他们，怎样回答？"

英抬头说："我家的老保姆时时说：'那是耶稣给的礼物。'"

家长们释然。

那一日，英为他们讲解华人冬至这个节日，从太阳移位到南回归线说起，白裔啧啧称奇："原来你们一早已有天文物理。"

那天回家，璜妮达问她："英，你见过扬没有？"

英一怔："什么事？"

"我两日两夜没见过他，你上次看到他是几时？"

英想一想："星期一下午。"

"那已是三天前的事了。"

"他没有打电话回来？"

"音信全无，护照、衣服，全在房间里，只驶走一辆吉普车。"

英愣住，她说："我找他的朋友谈一谈。"

英回房打了十多通电话，可是朋友都说这一两天没见过扬。

英开始像璜妮达般担心起来。

英找到养父商量："我们想报警。"

"英，他是否在别省有活动，你一时想不起？"

"他没提起。"

"查他电脑日志。"

一言提醒了英。

她走到兄弟房间，按下密码，查看他的日志。

最新一项约会记录是三日前星期一下午：慈恩孤儿院领养部。英蓦然抬头。

扬一直说他不想追究身世，此刻又为什么追查到孤儿院去？

英放下一切出门。

璜妮达满头汗追上："你一定要告诉我去什么地方。"

"璜，你随时拨我手提号码。"

她驾着车子先到慈恩孤儿院。

负责人对她说："是，我们的确在星期一见过扬·安德信，已把他所要的资料交给他。"

"我是他妹妹，可以告诉我是什么消息吗？"

"资料只属于当事人。"

英叹口气。

她独自到派出所报案。

亚裔警官看到一个黑人青年照片，忍不住问："这是你兄弟？"

"我俩都是领养儿。"

"请到这边登记资料。"

英带着扬的护照，她把兄弟车牌及信用卡号码告诉警察。

"他行为可有不良记录，他可有损友？"

英一一否认。

"你可以走了，一有消息，我们会通知你。"

英面如土色回到家中，一言不发，璜妮达反过来安慰她："那么大一个男子，走失也不打紧，谁敢动他歪脑筋。"

"扬活了这么大岁数，从未试过离家出走。"

"这一阵家里多事，他受到压力，也许到朋友家散心。"

英摇头。

"可要通知林茜？"

"不要惊扰妈妈。"

"你一个人做事要当心，可要找蜜蜜帮忙？"

"蜜蜜也是个女孩子。"

"你那些男朋友呢？"璜愤愤不平，"全是好天气之友？"

有一个朱乐家……

英问他："你可有时间来一下？"

朱三十分钟就赶到安宅。

英刚接到警方电话："是，是，我马上去。"

英挂上电话："警方查到扬最近用信用卡的时间是星期日凌晨，在史嘉堡汽车旅馆。"

璜妮达说："你当心。"

英忽然镇定："阿朱，跟着来挨一次义气。"

她飞车到史嘉堡汽车旅店，驶进停车场，便看到一个警察站在一辆黑色吉普车前。

那车子正属扬所有。

警察迎上来："管理员说他入住三十七号房之后，没有再出来。"

英吸进一口气。

她伸手敲门。

没人应。

英扬声："我是小英，扬，请开门。"

仍没有人应。

警察示意英退开。

"我是警务人员，扬·安德信，我们知道你在房内，我们将破门而入。"

警察伸腿一踹，就踢开汽车旅馆房间的单薄木门。

房里传出腐臭之味。

英的心一凛。

她与警察一起抢进黝黯房内，只见地上全是酒瓶与排泄物，臭污之味扑鼻而来，使人欲呕。

英不顾一切走进房去。

只见扬躺在床上，一丝不挂，口吐白沫，昏迷不醒。

警察立刻电召救护车，他戴上橡皮手套，过去探昏迷者鼻息。

他松口气："还活着。"

但是浑身污秽，已不似人形，与动物无异。

警察随即捡起一只小瓶与注射器："呵，大K，怪不得。"

英握紧拳头看牢警察。

"他是瘾君子。"

"不，他从来不用毒品。"

这时，救护车呜呜赶到。

旅馆管理员看到房内脏乱臭，不禁喃喃咒骂："黑鬼还有什么好事！"

英忽然伸手推那大汉："你说什么？"

朱乐家连忙掏出两张钞票塞过去，一边拉开女友。

大汉接过钞票悻悻退后。

护理人员连忙把扬抬上救护车。

在急救室医生向英解释："俗称大K的毒品其实是一种动物用镇静剂，农场可以自由购买，流出市面，成为年轻人最时髦毒品，注射后飘飘欲仙，快活无边，过量服用有生命危险。"

英红着双眼争辩："他从来不烟不酒。"

医生劝慰她："我相信你，但什么都有第一次。"

朱乐家这时开口："英，是否应该通知家长？"

一言提醒了她，英立刻告诉璜妮达。

三十分钟后彼得·安德信连同律师赶到。

彼得双臂搂住女儿："已通知林茜返家。"

"妈妈公干，别去打扰她。"

彼得奇异地看着英："儿子有事，她当然要回来。"

英又垂泪。

只听得律师说："初步我们怀疑扬遭人陷害，他一向是好青年，他可能不知大麻颜色，我立刻到派出所去一趟。"

"扬目前情况如何？"

"经过急救，情况危险但稳定。"

英急得顿足："那是什么意思？"

"很有可能不会转劣。"

"我可以见他吗？"

"他还没有苏醒。"

彼得搔搔头："我们家今年每个人都进过医院，这是怎么一回事，英，找位风水师来家看看风水，研究一下气的走向。"

英却笑不出来。

她心里有个疙瘩。

这一切都在扬自慈恩孤儿院取得身世资料后发生。

那份文件在什么地方?

旅馆房间又臭又脏,一时慌乱,也未曾翻寻。

英说:"我有事去去就回。"

彼得说:"英,你最好回家休息。"

"我知道。"

英给朱乐家一个眼色。

"有什么叫我做好了,你体力明显不支。"

她在他耳边说了几句话。

本来这个动作十分旖旎,但是朱乐家心无旁骛,他一直点头:"明白。"

"我在家等你。"

朱乐家回转汽车旅馆,见清洁工人正整理房间,垃圾桶里全是秽物。

他同管理员说了几句,管理员收过他小费,对他没有恶感，便把垃圾桶里杂物倾倒在塑胶袋里，任他查看。

朱乐家戴上手套，逐件翻寻。

若不在房里，就在车内，车子已被警方拖走……慢着，小朱看到一只黄色四乘六信封，他立刻蹲下，果然，看到慈恩机构的印章。

他即刻拾起信封，打开看内容，里边有薄薄两页纸。

他极之细心，又在垃圾堆里翻寻一会儿，见完全没有其他纸张，才收队离去。

真是奇迹，黄信封在垃圾堆里进出，却丝毫不见污渍，小朱把信封放进一只塑胶袋里。

他立刻到安宅去。

英一回家便觉力竭倒在床上。

璜妮达细心看护，她握住保姆的手不觉昏睡。

稍后朱乐家来按铃，璜说：“由你照顾小英，我得去医院看看那个孩子。”

璜一个也不舍得。

朱乐家洗了一把脸，在小英床前守候。

有些人身世简单，像他，一父一母，独生，极受钟爱，只读过一所小学，一所中学，顺利升到大学，今日与幼稚园同学尚有联络，无痛无疾，已经成年，多么幸运。

这一家人生活却充满大风大浪，风眼中躺着一个可怜少女。

她熟睡的面孔比任何时候都小，只似巴掌大。

英动一下，稍微张开嘴，一点仪态也无，朱乐家忽然充满悲恸怜惜，紧紧把她拥在怀中。

英睁开双眼，看到是小朱，呀的一声："你怎么回来了，我怎么睡着了。"

小朱即刻放开她："我没有意思，不，我是指，我不是那样的人，我的确有意，我——"他快哭了。

小英忽然笑嘻嘻："你是怎样的一个人，你有什么意思？"

朱乐家且不回答，忙说正经事："我找到了。"

英霍地坐起来。

朱乐家取过那只塑胶袋交到她手中。

英迅速打开胶袋，取出黄信封，因为太心急，锋利纸边割破她手指，她不觉鲜血慢慢沁出。

英打开信纸，只见其中一张是表格，密密地填着当事人资料。

英匆匆阅过，第二张是备注，只有三行字，字句映入英的眼帘，立刻被大脑吸收，英双手先颤抖起来。

刹那间她什么都明白了。

"英，你怎么了？"

英不得不把那张纸递过去给朱乐家看。

他一读，也呀的一声，染血的纸张落在地上。

英披上外套："载我到医院见扬。"

在车上英听到一种轻轻的嗒嗒声，开头以为引擎有杂声，侧着头细细追查，这才发觉原来是自己两排牙齿在上下碰撞。

她大吃一惊，连忙伸手用力将下巴合拢，这时发觉全身像帕金森病人一般，无处不抖。

英失声痛哭。

眼泪如泉涌，抒发了她的哀痛、震惊、惶恐，她用手掩着脸，哭得抽搐。

朱乐家把车子驶到路边停下，由车后座取过一条毯子，紧紧裹住小英。

待她镇定一点，又开动车子，驶到医院。

才走近隔离病房，看护说："请稍候，病人醒来，情绪极度不稳。"

璜妮达见到小英，迎上来悲痛地说："英，他不认得我，叫我走。"

英轻轻推开病房门走进去。

只见扬身上搭着各种管子，身足被带扣禁锢在床上，看到了妹妹，双目露出悲恸神色，似只受伤被捕的动物。

英走近，伏在兄弟胸前。

"走开！"

"扬，是我。"

"走开，为什么救活我？让我死。"

"扬，药物扰乱你心神，苏醒就会好。"

扬忽然大力挣扎，推开妹妹，他双眼布满红筋，张大嘴大声哀号，双唇翻起，露出鲜红色牙肉及白森森的牙齿，唾沫白泡自嘴角流出，状极可怕。

他大叫："我根本不应来到这世上，不要接近我！"

英只得垂泪。

看护赶进来："安德信先生，现在替你注射镇静剂。"

英上去握住他的手。

护士示意小英出去。

彼得·安德信问医生："这是怎么一回事？"

医生痛心说："年轻人无视毒品残害肉身。"

"不，爸，扬有别的理由。"

彼得扶着英的双肩："你知道因由，快告诉我。"

这时，看护出来说："病人要与小英说话。"

英把文件交在养父手中，再走进病房。

只见扬已镇静下来，默默流泪，刹那间他又似怪兽变回正常人。

英帮他抹去眼泪。

她轻轻说："我已得悉真相。"

扬看着她，哽咽地说："英，上天对我俩不公平。"

英握住他的手："扬，你不堪一击，我以为你早已把身世丢开。"

"英，你知道我是什么人？"

"你是我好兄弟。"

"不，英，我是怪兽之子，我的残暴本性迟早会显露出来，安宅全家会被我残害。"

"胡说，你是你。"

"英，文件说得很清楚，我是因强暴生下的孩子，生母在我出生后一个月自杀身亡，我全身没有一滴好血。"

英握着他的手："你无能为力，不是你的错。"

彼得·安德信坚毅的声音在身后传来："扬，你是我的儿子，你一切遗传自我，我对你负责！"

连看护听了都耸然动容。

彼得握住扬的手，他们两人的手一般大小，只是一黑一白。

幼时小英会妒忌，时时用力把父兄握住的手撬开，今日，她却没有那样做。

她只是把自己一双手加在他们的手上边。

彼得平静地说："妈妈已自非洲赶回，你令中年的她如此不安，该当何罪。"

扬号啕大哭。

医生进来："什么事如此嘈吵？病人不宜激动。"

看护把他拉开说了几句。

他叹口气出房去。

彼得说："有事应一家人好好商量，我与你母亲均不知你身世真相，即使知道，也不会改变心意，你已成年，应对个人言行负责，不必混赖血统。"

扬松出一口气，忽然间，昏昏睡去。

彼得的衬衫已被汗湿透。

这时朱乐家忽然过去对安氏说："安先生，我由衷钦佩你。"

彼得拍拍他肩膀："你爸也会一般对你。"

小朱双目濡湿："我相信是。"

璜妮达一边抹眼泪一边说："真万万想不到扬的身世如此惨痛，以后更要设法补偿他。"

爱里竟一点惧怕也无。

这时一家人均已筋疲力尽。

英对朱乐家说："多谢你鼎力帮忙，你也看到我们一家需要好好疗伤，实在没有时间招呼朋友。"

小朱答："我不需要招呼。"

彼得说："那很好，就当是自己人好了。"

一家人由赫辛送返。

半夜彼得推醒女儿："我去接林茜。"

"我也去。"

"你不宜太累。"

英只得留在家里。

她翻出旧录影带细看。

扬教她跳水，扬教她放风筝，扬帮她做科学堂实验，扬陪她打球，扬因她舞起中国狮头，扬在毕业礼向她送上鲜花……

英只知有这个大哥。

没有什么可以改变这个事实。

英在录影机前睡着。

天亮了，璜妮达叫醒她。

"你爸妈在医院里。"

璜的柠檬松饼香闻十里，她做了一篮子叫英带去，还加一大暖壶咖啡。

英连忙梳洗。

赫辛已在门口等候，伸手接过食物。

"辛苦你了。"

赫辛说："这算什么，你看日出何等瑰丽。"

英点点头，这一团氢气已经燃烧亿万年，是宇宙中数兆亿星球之一，终有一日热能耗尽，萎缩死亡。

但是今晨，一轮红日，发热发光，叫英得到启示。

她学妈妈那样挺腰吸气。

林茜自飞机场出来便一直在医院陪伴养子。

看到咖啡壶便抢过来说："救星来了。"

扬已苏醒，英轻轻走到他面前。

彼得斟出咖啡喝了一杯再添一杯。

英轻轻说："扬，是我。"

他转过头来："小家伙，你早。"

"清醒了，你？"

扬十分羞愧，尴尬地牵牵嘴角。

英握住他的手，还想说什么，忽然间，一大群年轻男女一拥而入，原来都是扬的朋友闻风来探访，带着鲜花水果气球礼物，一下子把气氛搅起来。

有一个女孩子索性靠在他身上喁喁细语。

另一个反客为主，招呼众人茶水。

林茜吁出一口气："英，我们先回家去吧。"

英点点头。

扬的目光没有再与她接触。

林茜回家脱去鞋子发觉双脚已肿。

英用爱克逊盐加暖水替妈妈浸足。

"谢谢你，女儿。"

英忽然说："可怜寸草心，难报三春晖。"

林茜紧紧拥抱女儿。

"妈，当初为何领养我们？"

"因为喜爱孩子，无故到商场去看婴儿众相，听到喊妈妈的清脆声音，会回头凝视，心底有一股渴望，希望听多一声。一日在小学操场附近，驻足不走，留恋幼儿欢乐玩耍，竟引起校方怀疑，召警问话。"

"哗。"

"与心理医生商谈之后，决定领养。"

"不是与爸密斟？"

"彼得一有时间便去教少年棒球，你猜为什么？"

"爸妈为何不能生育？"

"看过数十名专科医生，原因不详。"

英微笑："也许是寝室气氛不对。"

林茜哈哈大笑。

她说："我俩领养，并非因为寂寞，孩子们需要一个家，我们需要子女温暖，互相合作。"

英说："扬见到妈妈之后好多了。"

林茜叹口气："我们谈了很久，他情绪渐趋稳定，但始终不能释放自己，我建议他到欧洲半工半读生活一年，再做打算。"

英黯然。

"自责、自疑、自疚，他需接受心理治疗。"

英喃喃说："扬要离开我们？"

"去体验一下生活，直至心情平复，那的确是一个沉重打击。"

"扬怕自己会遗传到生父的暴力。"

"这么说来，我、彼得、家庭温暖、教育制度，全部失败。"

英轻轻说:"还有弗洛伊德,他深信人类后天胜于先天。"

林茜说:"在这件事上,大家都尽了力。"

"昨晚我听见璜妮达大声为扬祷告,十分感人,她只重复说一句话,请耶稣看守这个叫扬·安德信的孩子。"

"老好璜妮达。"

过两日扬出院回家。

赫辛说:"希望好久都不用到医院来。"

扬与英一起接受心理治疗。

司机赫辛十分感慨:"今日的父母无微不至,自幼儿园开始便寻求辅助:保姆、补习、检查牙齿、培养音乐体育兴趣、衣食住行提供得尽善尽美,情绪稍微滑落,就去看心理医生。"

隔一会儿,他又说:"我小时候,跌倒了爬起来,拍拍灰尘,倘若哭了,大人多加两巴掌,唏,伤口自己会好,倘若一辈子流脓流血,也任由它去。谁来医你,还笑你不长进,连这些毛病都克服不了。我也长大成人,今日也生活得很好。"

璜妮达说："嘘，别叫人听了去。"

赫辛笑："是，是，没想到我妒忌了。"

任何人都会觉得安家这两个孩子幸运。

心理治疗一时并不奏效，扬一日比一日沉默。

他早出晚归，一进房便锁门，私人电脑换过密码，与英的距离越来越远，客套似外人，尤其拒绝肢体接触。

英同朱乐家说："他像是怕我。"

朱乐家开口，又闭上。

"你有话尽管说。"英推他一下。

"他怕的是他自己，不是你。"

"你说话如心理医生。"

一个月之后，扬启程去伦敦。

这一走，蜜蜜感触最大。

"安家再也不比从前那般欢乐。"

英侧着头想一想："以前我家那样的疯狂气氛，并不正常。"

"那黑人是怎么了？"

"不要叫他黑人，要叫他非裔加人，他赴英之前，已不再叫我清人。"

"为什么？"

"只说已经成年，要有分寸。"

"他说得对，亲兄妹长大了亦分房睡，难道还能像孩童时一齐浸浴吗？"

英唏嘘："长大了。"

"英，我与未婚夫竟然十分谈得来，原来我俩之间有说不完的话题。"

"互联网情缘。"

"英，你与朱呢？"

"我们还年轻。"英微笑。

大节，安氏夫妇均在外国出差，璜妮达与赫辛放假还乡。

大部分移民都还有一个故乡，蜜蜜也随家人去见未婚夫，朱乐家回香港。

英落了单。

她不是无事可做，大学里许多活动，她只是想静一静。

一个雪夜，她独自走到游客区酒吧，一个人坐下，叫杯啤酒。

女歌手在哼:"再对我做一次,像你这样的男人,一次不够……"缠绵性感。

英低头叹口气。

不久有人招呼她:"一个人?"

英抬起头,原来是刚才那个女歌手。

她长得高大健硕,深色皮肤,大鬈发,她说:"我父亲是中国血统,我对华人感觉亲切。"

她忽然伸出手来抚摸英的面颊,英立刻明白她的用意,一时不知所措。

紧急之际,有人搭住她们两人肩膀说:"我女友想听你唱《果酱女郎》呢。"

歌女只见俊男美女,天生一对,不禁气馁,她耸耸肩:"明天吧,今日我收工了。"

她妖娆地走开,英骇笑。

搭救她的英雄是一个混血儿,他笑着说:"我见过你——"

小英连忙说:"谢谢你解围。"

她丢下那人离开酒吧。

雪地里英抬起头，空气冷冽，雪好似停了，但是在路灯照明下，偶然可以看到个别雪花，缓缓飘下，寂寥得揪心。

有次车子在雪地抛锚，英曾在鹅毛大雪下步行上学，大雪会得撞进嘴巴，英记得扬走前一步替她挡风……

她好似听见身后有脚步声，连忙上车驶走。

冬假之后，英健康大有进展，上下楼梯不再气喘，体重增加，到医务所复诊不再心惊。

英却失去扬的影踪，他不再与安家联络。

林茜处之泰然："子女长大一定离巢，父母也不想他们待在家中一辈子，我早说过我们领养不是为着寂寞，今日责任已尽，十分高兴。"

他们并非说一套做一套，两个人以工作为主，忙得不可开交。

一日中午英在家赶功课，奥都公打电话找她。

"英，扬在伦敦结婚了，你们为什么不通知我？"

英张大嘴，又合拢，鼻子发酸。

"你也不知道？"

一起长大，一起上学，手牵手，是手足呢。忽然同陌生女子结婚，且不通知家人。

奥都公问："是怕我们反对吗？"

英泪水夺眶而出："扬不再爱我们。"

"别生气，扬又不至于那样，年轻人往往想做就做。"

"你怎么知道这件事？"

"扬有信给我，附着照片，我又惊又喜，即时与你联络。"

"我马上来。"

奥都公在店里忙着应付中午客人潮，伸手擦擦围裙，把信递给小英。

英走到街外"爱尔兰眼睛"招牌下阅读，先看照片。

好家伙，照片在巴黎埃菲尔铁塔附近拍摄，已在度蜜月了，那女子明眸皓齿，是颗黑珍珠。

她名字也正好叫珍珠："来自夏威夷，她读建筑，明年毕业，我俩已于上周四在伦敦注册结婚……"

奥都公出来，给英一杯咖啡。

"你爸妈也收到消息了。"

英问："我呢，为什么没有人提到我？"

"也许扬会发电邮给你。"

英气愤："我会用这双手亲手掐死他，绝不假手他人。"

奥都公笑："对，这才是好兄妹。"

英把信还给外公，走进店里，自选巧克力蛋糕一客，把脸埋进去。

肚子饱了，不安稍减，才回家去，只见璜妮达与赫辛迎出来报告喜讯。

"扬结婚了。"

他们也刚收到结婚照片。

人人都有，英想她大概也有。

果然，一按电脑，十来张照片弹出来。

人人都有，一视同仁，永不落空，从此以后，珍贵的小英，兄弟心目中的公主，已沦为常人无异。

可是照片中的扬脸容祥和喜乐，与新婚妻子洋溢着无比的和谐幸福，英又释然。

只要他快乐便好。

英回电邮："黑人，祝你百年好合，白头偕老，清。"

林茜下班回来："英，英，你接到消息没有？"

英走到母亲面前点头。

真没想到林茜忽然感慨："呵，英，一个儿子是你的儿子直到他娶妻，一个女儿却终生是你的女儿。"

母女紧紧拥抱。

她俩都明白扬想忘记过去，致力将来，可是心里说什么都不舍得。

"他几时带珍珠回来见我们呢？"

"不要催他，待他觉得舒服了才做未迟。"

这样令人震惊的消息他们渐渐也接受下来。

蜜蜜寒假后一直没有回来，她与父母安排的未婚夫见了面，发觉投契得不得了，甚至比他们自己物色的对象都要理想，决定提早结婚。

璜妮达问："你呢，小英，小朱先生可有示意？"

"待我也离了安宅，你无事可做，会被解雇。"

"咄，像我这般能干的管家保姆，哪儿愁找不到工作。"

不，小朱先生没有进一步示意，英也不打算即时组织家庭，她要先找工作。

搬出安宅，独立生活，对自身所有开销负责。

到那个时候，也许，她会设法寻找生母。

复活节，英应邀到华童领养会讲故事。

那些三至十岁的孩子英语已说得无比流利，除了黄皮肤，那语气、用词、手势，都与洋童无异。

她选了清明故事来说，特意侧重华裔对祖先的敬仰。

茶聚中他们吃中式水果糕点。

有个十一二岁女孩走近："英，我们的祖先到底是谁？"

英想一想："人类学家说是源自非洲的古人猿，后冰河时期他们走出非洲，先步行到亚洲，然后到南北美洲，最后才到欧洲。"

家长与儿童都笑了。

孩子们七嘴八舌争起来："你的祖先是猿猴，我，我由上帝创造。"

"哈哈哈，我们都来自非洲大陆。"

但是那个叫春生的女孩仍然不能释然："我拜祭祖先，应该到什么地方？"

英说："你父母的父母跟前。"

"他们只是我的领养父母。"

"'只是'这词用得不恰当，你认为可是？"

春生笑得腼腆："你说得对，他们深爱我。"

"喏，像移民一般，你的国籍是加拿大。"

可是总有一些不十分善良的人，一定要问："你在何处出生？""加拿大。""你父母呢？""也是加拿大。""你祖父母？""也是加拿大。""曾祖父母？"一定要听到中国二字才心满意足，而其实三代之前，他的祖先在爱尔兰种马铃薯，不过，那是另一回事。

春生问："英，我若有疑问，可否找你谈谈？"

"这是我电邮号码，可是，你为什么想那么多？"

"你呢，英，你可有想过出身？"

"每一天都想。"

春生笑了。

领养儿都比较早熟，一早知道与众不同，有了心事，想东想西，一扫幼稚。

英回家时默默无言。

华人习俗与家人脱不了关系，过年过节喜庆宴会其实都是借口与家人相聚。

英没有血亲，只得假设古人类尼安德特人也是亲戚。

她真正的兄弟姐妹与舅姨叔姑呢？

他们命运与她是否大不一样，他们的品貌性情又如何？

英时常听同学说："我眼睛颜色与祖母一模一样，家族中只有我俩是湖水绿。"或是"我这脸雀斑像姑姑""我与哥哥都是红发坏脾气""我家三代共七名医生"之类。

英本家做些什么，种田还是做生意？

在聚会中认识，那个叫春生的女孩子在电邮中这样说："养母是法裔，养父是英裔，自幼我会说两种语言，但是我不谙中文。"

"像我那样，你可以慢慢用心学习。"

"中文太艰难了，似埃及象形文字。"

"可是极之有趣。"

"英，你可知道互联网上有各种寻找生父母服务？只是必须十八岁才能申请。"

"这么说来，你是决定寻找亲父母了。"

"正确。"

"为什么有那样迫切的渴望？"

"我想面对面问一句：为什么丢下我？"

"你还小，努力读书，把精力储存，留前斗后。"

"多谢关心，我成绩上佳，因为寄居别人家中，必须做到最好，否则，对不起他们。"

真是一个奇怪的小女孩，想得那么周详。

英记得她十一二岁时受委屈还动辄哭，彼得紧紧拉着她的手去校长处投诉男同学欺侮她，校务处知道英的养母是林茜·安德信，弄得不好，校名或许会上新闻头条，故此尽量包涵。

英从未想过要做到最好，也不觉要讨任何人欢心，她一直做回她自己，一个不甚可爱，也不是特别能干的小女孩。

由此可知林茜真是一个好母亲。

小孩乖与听话并非正常的事，一定是受到特殊压力或是残忍打击才会变得乖巧沉默，英觉得安宅确实是她的家，她没有理由特别听话。

天气渐冷，在街上呵气成雾。

一日，英在园子观景，紫藤花架只剩枯枝，情景有点萧飒。

林茜把一件毛衣搭在女儿身上。

"英，我有话同你说。"

英握着妈妈的手走到会客室，发觉有一个客人在等他们。

"英，我替你们介绍，这是我朋友林利子爵，这是我女儿小英。"

英诧异，林茜极少把男伴带返家中，这意味着林利在她心目中另有地位。

该刹那英觉得她有必要把最好一面拿出来，否则就会失礼。

她微笑着招呼那高大英俊的中年英国人，一句话也不多讲。

英国人看着这蜜色皮肤有一双褐色大眼的少女，忽然轻轻说："是，我母亲是一个公主，我离过一次婚，有两个成年儿子，还有，我爱林茜。"

英忍不住笑起来。

三个答案全中。

这正是英心中问题。

"我住在伦敦一套三房公寓，做家具生意，生活还过得去。我已见过你哥哥扬，他是一个突出的年轻人。"

他好像有话要说。

英微微侧头看着他。

"英，林茜与我有计划结婚。"

那无可避免的结局终于来了。

英由衷替母亲高兴："你要对她好，你见过我兄弟，现在你也见过我，我俩绝不好相处。"她两眼通红。

林利唯唯诺诺："任何清醒的英国人都明白这一点。"

大家都笑了。

林茜也笑中带泪。

英问："为什么越过大西洋来娶一个加拿大女子？"

林利更正："一个爱尔兰女子。"

"她嫁你之后，就成为子爵夫人了。"

林利却回答："林茜不愿意接受衔头，她仍沿用本名工作。"

可是安德信是她前夫姓氏，英有点混淆，也许，可以继续当一个艺名使用，两个成年人不介意，又有什么问题。

"林茜将随我到伦敦居住一年。"

呵，这人好过分！

英控制得再好，脸上也露出惨痛的样子来。

"英，随时欢迎你到舍下探访。"

呵，妈妈长大了一定会离开家里。

英泪盈于睫，动也不敢动，生怕眼泪会失礼地滚下来。

忽然间她明白春生的话：要做到最好，否则，就辜负了养母一片爱心。

英轻轻对林茜说："恭喜你。"

她与林利子爵握手。

喝过茶他们很快出去。

英回到书房，泪如泉涌。

这时，璜妮达走进来，帮英抹眼泪。

她一时也接受不来，喃喃说："一个英国人。"

赫辛在门外轻轻说："我国吃尽英国人苦头。"

大家都不喜欢这个外人。

英呜咽："自此家里只剩我一个了。"

一副没精打采的声音接上："还有我呢。"

一看，原来是彼得回来了。

"爸。"英过去握紧他双手。

璜妮达黯然回厨房去。

英问："家里人口越来越少，我们是否要搬到较小一点的地方去？"

彼得却这样回答："怎么可以，他们或许要回来，可能打算探访我们，没有房间，住什么地方？我有能力支撑这个家，你放心。"

"我快要毕业了。"

"英，直至你荣升祖母，这也还是你的家，欢迎带孙女回来住，他们是我曾孙。"

英忍不住大哭。

朱乐家看到她的时候，英仍然双目红肿。

他细细看她："是一种新的化妆呢，抑或患眼挑针？"

"生命中充满失望。"

"林茜再次找到幸福，大家都为她庆幸。"

"科学昌明，此刻妇女妊娠可延至五十以后，说不定我会有小弟小妹，希望那些金发儿长大了会说话时不要对我说：'你不是我姐姐，你不是白皮肤。'"

朱乐家只得赔笑。

英解嘲说："你看我多妒忌。"

"英，春假我们一家乘船到地中海旅游，你也来好不好？"

英想一想："游轮通常二人一房，我与谁住？你，还是朱伯母？"

"随你。"

英摇摇头："还不是时候。"

朱乐家失望："你与全世界人都相处得那么好，为什么我家人是例外？"

璜妮达听见了，笑说："你给小英一点时间空间，先从喝茶吃饭开始，然后才挤一间舱房。"

大家都笑了。

小朱走了之后，璜问："小英你要多大空间？"

英回答："一间校舍那么大。"

"人家少女少男日夜痴缠，像连体婴那么亲密。"

英又笑。

雪肌

玖·

「转瞬间我们已经长大，

开始人生新旅程。」

那一年，她几乎独自住在安宅里。

心情较佳之际她会把手当卷筒放嘴边，大声问："哈啰，有人吗，有人吗？"

大厅激起回音。

璜妮达与赫辛出街买菜去了。

专注做功课时，英似听见身后有脚步声。

她惯性转过头去："扬，是你吗？"

不，不是他，没有人。

真是写功课好环境，清晨起床，喝杯咖啡，头脑清晰，思想几乎可以去到冥王星。

英他们这一票学生采用电邮交功课，打完字，一按钮，传到老师电脑去，连卷子都省下。

周末朱乐家会来看她，躺在安乐椅上听耳机看小说谈心事。

年轻人不好做，凡事从头起，手足无措，小朱说："不想为一份困身的工作白了少年头，晃眼中年，除了妻儿需要负担，一无所用，庸碌一世。"

英笑："你心比天高，我只要找到牛工已经很高兴，又盼望有自己温暖家庭，物极必反，我一定会爱惜子女。"

"你那样用功，是否第一名？"

"对不起，一山还有一山高，有一个来自新加坡的同学像神人一般，洞悉讲师肚肠，什么都拿一百分，还有一个小小波斯女孩，精灵明敏，像小仙子般可爱，她是第二名。我？十名内吧。"

"你不争取。"

"我已做得最好，生活除却功课，还有其他，病后，我成绩反而进步了。"

"医生怎么说？"

"全身已无坏细胞。"

"恭喜你，英。"

"我也觉得值得贺喜。"

"医院可有透露骨髓捐赠者姓名？"

英摇头："绝密，也不告诉手术成功与否。"

朱乐家走近："咦，这是什么？"

"我在搜集与记录被领养的华裔孤儿资料。"

朱乐家读出来："北美家庭领养中国孤儿十分普遍，数字直线上升，平均每星期领养一百名孩子，统计已有五千多名儿童被领养，可惜手续繁复，耗时悠长，需等候一年才获批准，费用亦高昂。"

朱乐家说："我在长途飞机上时时看到欢天喜地的白人夫妇拥抱着黄肤婴儿。"

英微笑："林茜妈说三分钟之后，她已浑忘婴儿肤色。"

"对他们养父母来说，这是真的。"

"有些很娇纵，看见华人，会躲开。"

朱乐家笑："像不像前殖民地的一些居民，真心不喜同胞。"

英说："你扯远了，我只是想，他们一星期领养百多名孩子，十年便有五万多个中国孩子在美洲生活，他们是幸，是不幸，他们长大后又会否回去寻找生父母？"

朱乐家动容："呵。"

英说："领养儿童的物质生活肯定比从前进步，他们也可以在正常家庭长大，但是，连根拔起，到另一国家生活，他们心底怎么处理情感问题？"

朱乐家大胆问一句："你呢？"

"幼时上学放学大吃大喝，又吵又斗，浑然不觉，这次病后心中异常牵挂身世。"

"小英，你身世不普通。"

"现在每年起码增加五千多名身世与我一般奇怪的孩子，我不寂寞了。"

"而且全是女孩。"

"简直可以组织一个同盟会。"

"迟早会有人发起吧。"

"论资格，你是老大姐了。"

"我想写一本书，《怎样在白人家庭存活》，或是《雪肌与黄肤》《你白人我清人》……这种书一定受主流社会欢迎。"

开始是说笑，后来觉得凄凉，落下泪来。

"她们的养父母也很周到，带她们参加聚会，熟悉华人文化习俗，但，那是不够的，现在我知道了。"

朱乐家忙说别的："扬最近可好？"

"他已忘记我了。"

"扬是好汉，他不会忘记手足。"

英毕业那日，连赫辛都一早穿好西服系了领带来观礼。

林茜前一夜乘飞机自英国赶到，七时整便起来卷头发。

彼得去接了奥都公在大学礼堂等女儿出现。

璜妮达戴上帽子，穿上手套，喃喃说："英竟大学毕业了，宛如昨日，送她进幼儿班，三岁大，咕咕笑。"

英过去拥抱她。

她双眼湿润："那小小孩呢？"

"我在这里，我就是她，我的皮囊长大了。"

"你快结婚生女吧，我帮你带小小英。"

英抬起头，四周看了看，少了一个人。

扬在什么地方？

她不出声，父母都来了，不应抱怨。

穿上袍子，戴上方帽，领过文凭，林茜送上一束小小紫色勿忘我，母女握紧四手。

彼得赠她一只穿学士袍的玩具熊。

他忽然说："看，谁来了。"

英抬起头，看到礼堂一角站着名高大黑人。

扬，是她兄弟。

英略觉生疏，又有点委屈，不由自主哽咽。

她走近："尼格罗——"说不下去。

英把脸像以前那样靠在他强壮胸膛上一会儿。

她听见扬说："我的妻子珍珠。"

英连忙聚精会神地转过头去，她笑说："珍珠比照片明艳十倍。"

那黑肤女子笑着招呼各人。

这时，英发觉她身边站着一个小小可爱女孩，四五岁大，褐色皮肤，大眼睛，一头鬈发，正好奇地看着他们。

英蹲下："你好吗？"

扬连忙介绍："我女儿罗拉。"

英一怔，结婚不到一年，女儿已经这么大了。

是珍珠带过来的小孩吧。

不过在安家，孩子便是孩子，永远受欢迎。

奥都公已经把小罗拉抱在手上，取过英的方帽，戴到她头上，逗她开心。

璜妮达说："回家吃午饭吧。"

扬问："有什么菜？"

"自助菜：牛排、橙鸭、肉酱意粉、沙拉，还有奥都外公提供的巧克力蛋糕。"

珍珠抢着说："我一认识扬就听说有这蛋糕。"

英知道她这小妹已被挤到第三位置，风光不再，可是只要扬高兴，她也开心。

他们分三辆车回到家中。

璜妮达立即与小罗拉成为好朋友，让她在厨房帮手做饼干。

英有点唏嘘，厨房一向是老好璜妮达的禁地，一山不能藏二虎，她那样疼爱小英，也不欢迎她到厨房玩耍，今日却对罗拉另眼相看。

英知道她的全盛时代已经过去。

接着扬又透露一个好消息：珍珠已经怀孕，孩子明年初出生。彼得立刻去找香槟。

看得出珍珠十分感动，她说："我找到家了。"她一定也曾经有过不愉快的经历，今日再世为人。

璜妮达说："家里全是空房，为什么不搬回来住？"

"我们今晚就走。"

璜气鼓鼓："有老虎追你？"

扬只是赔笑。

他的双目恢复光亮，带着妻子上楼去看他旧时寝室。

彼得说："扬没事了。"

林茜点点头："快成为两子之父，哪里还有时间闹情绪。"

"他不打算搬回家来？"

林茜说："子女长大，离巢，另组小单位，表示我与你成功完成责任，高兴还来不及。"

彼得忽然问："你的林利子爵如何？"语气酸酸。

"很好，谢谢你。"

"他不过贪图你的名利。"

"也许，我亦艳羡他的勋衔。"

英走去站在养父母当中，咳嗽一声。

"英，你有话说？"

"妈妈，我也想搬出去住。"

林茜讶异："你找到工作了吗，你愿意为自己洗熨煮？"

"一有收入就搬走。"

林茜一向民主："我虽然舍不得你，但是也不能左右你意愿，家门永远为你而开。"

奥都公却没好气："英，你不同兄弟，你是女孩子，一个人抛在街外，算是什么。"

本来站在一旁的朱乐家一味附和。

大家七嘴八舌加入讨论，璜妮达声音最大。

扬与珍珠坐在梯间一边笑一边听他们争论。

珍珠说："扬拥有那样好家人，你真幸运。"

"不幸中大幸。"

珍珠温柔地说："不，扬，我俩并无不幸。"

扬有顿悟："是，你说得对。"他搂紧妻子。

这时奥都公向扬招手："你们一家四口有何打算？"

扬下楼来回答："我俩在伦敦都有工作。"

"那地方阴雾，且看不起爱尔兰人。"

"可是妈妈也在伦敦。"

彼得加一句："她很快会想念这里的阳光。"

林茜说："我要回公司一趟，彼得，请送我一程。"

珍珠去哄女儿午睡，英在书房找到扬。

她说："有一套《国家地理》杂志印制的立体图画书，可以转赠罗拉。"

扬诧异："不，那套书是你至爱，且已绝版，你留作纪念，我们另外去买新的。"

英忽然问："扬，你快乐吗？"

扬一怔，握住妹妹的手，放在脸边："我快乐，英，我们已经得到那么多，倘若再有抱怨，简直没有礼貌。"

英泪盈于睫，不住点头。

"你的病全好了吧。"

英答："光洁如新。"

朱乐家在书房门外张望。

扬笑："找你呢。"

英拍打兄弟肩膀："尼格罗，保重。"

"清人，你也是。"

一整天英都不舍得脱下学士袍，穿着它在屋内四处游走。

家人聚拢片刻又散开，屋里只剩英与朱乐家。

朱乐家在看英最近写的一篇报告。

"印度社会学家英迪拉说：'如果西方富庶国家真正想帮助印度贫童孤儿，不应领养，不要把他们连根拔起，搬到陌生泥土栽培，而应在本土建设孤儿院、义学、医院，那才是真正帮忙。'"

"这样的要求不过分吗？"

"不不不，你载我一程于事无补，你应送一辆车给我，并教我驾驶。"

"西方有此义务吗，西方从善心又能得到什么？"

"但是，把不幸儿童大量送走，又是否可行？该批孤儿的生活水准，有否保障，社会可有统计？"

"我愿意访问一百名领养儿，做出报告，去年，被北美家庭领养的俄罗斯儿童有四千九百三十九名，危地马拉有二千二百一十九名，韩国一千七百七十九名，乌克兰一千一百零六名。"

"他们生活如何，怎样适应，有否困难？"

朱乐家动容："英，你应修社会学。"

好话谁不爱听，英露出一丝笑容。

她说："这位英迪拉女士三番两次拒绝西方世界的假仁慈，一次严词责备红十字会把绝育药物引进印度赠予贫穷妇女，双方各执一词，吵得很厉害。"

"真是难题。"

"英迪拉指摘药物会引致癌症，且绝育不合人权，西方医生反驳贫妇生育过度生命更加危险云云。"

"这是一场没有结论的争论。"

"朱乐家，你呢，你怎么想？"

"若不能根治，只得头痛医头，脚痛医脚。"

"你赞成领养？"

"很多领养儿均可健康成长。"

"我上周才看到关于韩裔领养儿金回国寻找生母的纪录片，原来他一共有六个亲兄弟，他长得比他们都高大。"

"他会说韩语吗？"

"会几句问候语，他最小，家贫，无法养活，只得送出去，被美国家庭领养。"

朱乐家觉得应该改变话题。

"还有什么消息？"

"我好同学蜜蜜结婚了，采取传统婚礼，传来照片，你看她身穿大红纱丽，全头鲜花金饰，多么美艳，手足上画满了并蒂花纹表示吉祥，父母为她付出大笔嫁妆，听说新郎会到美国工作。"

朱乐家点头。

"转瞬间我们已经长大，开始人生新旅程。"

英找工作比谁都积极，全情投入，不住写应征信，可是人浮于事，一时苦无结果。

终于林茜妈开口说话："英，国家电视台新闻部聘请见习生。"

英泄气："妈要用人际关系牌？"

"是。"林茜直认不讳。

"那不公平。"

"你是我的女儿，应该享用这一点点关系，我推荐你没错，但以后成败，靠你能力。"

英踌躇。

林茜温和地说："英王孙威廉二十一岁生日时他祖母为他出一套纪念邮票，那算过分吗？希拉里爵士需攀上珠穆朗玛峰才可得到同样待遇呢，与生俱来的权益，何必故意放弃。"

英笑了。

"去，去见主管雅瑟女士。"

"妈，当年你如何出身？"

林茜挺胸答："我英明神武，才智出众，勤工好学。"

英由衷答："虎母犬女。"

"主要是，我拥有金发蓝眼。"

"没这种事。"

林茜叹口气："我不得不承认，二十年前，有色人种地位，同今日大不相同。"

"你领养扬与我，可算创举？"

"这毕竟是自由文明社会，个人意愿获得尊重。"

过两日，在林茜妈安排之下，英去见过雅瑟女士。

雅瑟有一双猎隼似的尖锐眼睛，似可洞悉人心。

她看着小英："嗯，我们正需要一名黑发黄肤的标致女郎，依莲杨辞工到美国国家地理协会去拍摄纪录片，叫我们踌躇，你来得正好。"

英的学历呢、才智呢、实力呢？

"请随阿当去试镜。"

英真想说：主管女士，我不是来应征歌舞女郎。

英在化妆间打扮停当，摄影师一进来便一怔。

这时的英一头黑短鬈发贴在头上、褐色大眼、蜜色尖脸，神情沉郁，气质特别，连见多识广的工作人员都觉得眼前一亮。

阿当叫她读一段新闻，英用标准美式英语不徐不疾地读："四十五岁伯克利居民郭斯数年前已领养一名中国孤女，一年前与丈夫再申请领养第二名，亦获批准，郭斯计划稍后飞往中国……"

第二天雅瑟邀林茜来观看试镜结果。

她赞道："你没说英是美人。"

林茜诧异："那还用说？在任何一个母亲眼中，女儿都是世上最漂亮可爱的孩子。"

雅瑟笑："英·安德信品貌出众，比那些嚣张浅薄的金发新闻系蠢女优秀十倍。"

林茜佯装悻悻："谢谢你。"

雅瑟看着她的金发哈哈大笑。

林茜吁出一口气："什么金发，老了，已经满头白发，只看染什么颜色罢了。"

"你看上去很好。"

林茜笑："拜托你培训小英。"

"替我多谢林利子爵的礼物。"

那是一只红木所制精致的首饰盒子。

走后门，送礼品，也不尽是华人的习俗。

领到第一个月薪水，英就搬了出去。

璜妮达送行李到小公寓，倒吸一口凉气。

"年轻人到底有无脑袋，你们在想什么？这里油漆剥落，地板霉烂，不知有否冷暖气，只得一床一椅。英你真打算在此长住？"

英搂着璜妮达的肩膀说："记得吗？我来自街头。"

璜劝说："我知道这里近电视台，这样吧，赶通宵、有急事才到这里休息，否则，还是回家由我照顾，你看你连洗衣机都没有。"

"捱不住我会回家。"

璜叹口气。

朱乐家比较乐观。

他四处看了看："没有风景，窗口对牢后巷垃圾站，屋里有股气味，前任租客养过猫狗？"

忽然觉得脚痒，原来一只蟑螂爬上小腿。

朱乐家帮英检查床褥，幸好没有蚤虱。

他戏言："我可以在此过夜吗？"

英一本正经："太简陋了，将来再说吧。"

英买了油漆，年轻女子自有观音兵，工程部及道具部男同事帮她把小公寓鬃得焕然一新，添上新窗帘新书桌，炉上煮咖啡，香满室，居然也像一个家。

只是一开热水，水管轰轰响。

同事叮嘱："独居女子，小心门户，勿与邻居搭讪。"

英早出晚归，像只工蜂。

年尾她到李月冬医生处复诊。

"小英，你已痊愈，以后，每年来见我一次即可。"

小英吁出重浊的一口气。

"恭喜你。"

英抬起头："真想当面谢那好心的捐赠人。"

医生一愣："林茜没告诉你？"

"林茜妈知道是谁？"

李医生静下来。

"医生，你也知道是谁？"

"医生当然知道。"

"请告诉我。"英用双手按着胸膛。

"英，你已痊愈，我也想把真相告诉你。捐赠者，是你生母，所以没有排斥现象，你安然渡过难关。"

英霍地站起来，睁大了眼睛，露出极其复杂的神情来。

"她看到启事自动出现，英，她救了你。"

英轻轻问："一个陌生女子，你怎知她是我生母。"

医生回答："世上只有一个人的脱氧核糖核酸排列与你有那种吻合。"

"她此刻在什么地方？"

"她回家去了。"

英追问："有地址吗？"

医生答："我们尊重她的意愿，没有追问。"

"她有否要求见我？"

医生轻声答："没有。"

英坐倒在椅子上。

"她自动走出来帮我？"

"小英，因此你活了下来。"

小英看着天花板，用手掩住嘴。

"医生，有一个晚上，好似做梦，好似没有，我看到有一个人悄悄走近我的病榻，你猜可会是她？"

"英，我不会知道。"

"医生，有可能吗？"

"她曾在医院同一层楼住过两天。"

"我没看清楚她的脸容，对我来说，生母永远没有面孔。"

"英，你要有心理准备，她未必想与你相认。"

"我明白，我曾看过一套纪录片：成年女儿千方百计找到生母家去，不获接见，她在她门前叫嚣，用石子掷破玻璃……"

"你感受如何？"

"我觉得成年人做那样的事既胡闹又荒谬。"

李医生答："那样，我放心了。"

英与医生握手道别。

走到医院大门，才发觉脚步有点虚浮。

英一出去医生便与林茜通话："我告诉她了。"

林茜问："英反应如何？"

"很镇定很冷静，不愧是林茜·安德信之女。"

"英会去寻找生母吗？"

"林茜，她已成年，多亏你悉心教养，她懂得独立冷静思考。"

"看她自己的选择了。"

"子女长大，你总得放他们走。"

"我只想他们快乐。"林茜惆怅，"回到家中，听到呵呵笑声，他俩满屋追逐。"

"将来带孙子回家，一定会重演这种局面。"

"谢谢你，李医生。"

英离开医院双膝仍然发软。

回到小公寓，她从冰箱取出啤酒，一下子饮尽，整个人清凉，她坐下来思考。

英有决定了，她打开手提电脑，找到有关网页，她打进四个字"寻找生母"。

半夜，睡到一半，电话铃响。

英顺手取过话筒，惺忪地喂了一声。

"小英，恭喜你，你做姑姑了，珍珠刚才产下男婴，重八磅八，母子平安。"

英立刻清醒："哗，大个子，叫什么名字？"

"约书亚。"

"好名字，扬，真替你高兴。"

"我现在要通知妈妈及岳母。"

扬挂上电话。

原来所有亲友名次中，英排第一，她觉得安慰。

英拨电话把好消息通知璜妮达。

璜哎呀一声，哈哈大笑，连声感谢耶稣。

英索性起床梳洗，回安宅与璜妮达商量大计。

"送什么礼物？"

"现金最好，由你亲手送上。"

"说得也对，我下星期就有三天假期。"

"我可乘机帮你清洁住所。"

就这样说好了。

英到大西洋彼岸乘计程车自赴林茜新居，一按铃，门打开，轰一声受到公主般欢迎。

原来家人全在那里，珍珠已经出院，抱着婴儿走出来迎接。

英第一件事就去看那幼婴，只见他高鼻大眼，褐色皮肤，长得与扬有九分相似。

林茜笑问："怎么样？"

"恭喜你，新祖母。"

一室都是礼物与鲜花。

"扬呢？"

"在调奶粉。"

英骇笑，这也好，再也没有时间精力伤春悲秋，胡思乱想。

　　当晚英睡在客房，隐约听见小小约书亚哭了又哭，哭完再哭，又听见扬与珍珠轮流的撮哄声，最后，连林茜妈都起来轮更。

　　英更觉养父母恩重如山。

　　黎明，她也起床。

　　只见扬在厨房喂奶，他形容憔悴，一脸胡楂，看到妹妹连忙问："把你吵醒了？"

　　幼儿呜呜哭泣。

　　英做了两杯咖啡，接过婴儿，转来转去，替他找到一个舒适位置，才让他喝奶，他安静下来。

　　"咦，英，你有办法。"

　　"扬，我们幼时也这样叫大人劳神？"

　　"我不知道自己，但是记得你一直到两三岁，半夜还时时惊醒狂哭，叫妈妈担足心事。"

　　"唉，林茜妈真好。"

　　婴儿吃完熟睡。

　　扬哈欠连连。

英笑说："你得有心理准备，起码一年半载睡眠不足，人像踩云雾里，养儿方知娘辛苦。"

"真是。"

兄妹忽然紧紧拥抱。

谁也不能取代安氏夫妇的地位。

一年过去了。

英表现出色，被美国电视台挖角，经过详细思考，英决定留在本国。

美国人大不为然："本国？你明明是华裔，属显性少数族裔，你的祖国在地球另一边，英，你想清楚了？美国有三亿观众，是加国十倍。"

英只是笑："我都考虑过了。"

美国人摇头："听说华裔管这种牛脾性为义气。"

英很高兴："你说得对。"

她都想清楚了，谁教育栽培她，她就留在何处。

经过多种渠道，她已找到生母地址。

朱乐家叮嘱："小心，切勿操之过急。"

英听从忠告，写了一封信，寄到生母处。

一个月后，才有回信，只有短短几句："真庆幸你已痊愈，并且在工作上取得成绩。"署名关字。

这次，英附了一张家庭照片，用箭头指着"爸、妈、我、哥哥"。

仍然需要一个月，才有回信："真没想到世上有安氏夫妇那样的善心人。"

英问："可以来探访你吗？我没有要求，也不勉强你相认，只想见个面，放心，我此刻身体健康，不再需要任何捐赠，您的心肝肾肺都很安全。"

这次，久久没有回信。

英又写了几封信，说些童年往事，像小学时要求有金发白肤，叫养父母为难之类，又爱哭，又常梦见生母……还有，一本书写了三五年尚未完成等。

长久没有回音。

朱乐家说："不要勉强。"

"我想索性走去按铃。"

"不可唐突冒昧。"

"那是我生母呀。"

"嘘，就快会有回音，不要急。"

"朱子你真是我的知己，可怜你有一个身世复杂的女友。"

"也不过是领养儿，一句话说完，不算太艰难。"

两个人都笑了。

转瞬间天气已转热，升职后的英忙得团团转。

林茜告诉女儿："我与林利下星期结婚。"

"妈我一时抽不出假期——"

"我们回多市注册。"

英大松一口气："扬呢？"

"扬可参加我俩在伦敦的酒会。"

"何处蜜月？"

"阿岗昆省立公园，英，婚后我或考虑退休，多些时间陪儿孙，你也快些结婚生养吧。"

英大笑。

彼得·安德信知悉消息，跑到女儿公寓诉苦。

"我不打算出席，可是仍得送礼，送什么好？"

英手里拿着一大沓账单逐一看，一边答："你每周工作八十小时，当然——"

忽然看到一只小小信封。

她心咚一声。

连忙拆开来看。

一边彼得还在说："真想送她一箱柠檬，她居然愿为那英国人退休。"

信里如常只有几句："八月十五日上午十时可有时间？我会在多市，届时登门探访，关。"

英睁大双眼，渐渐眼里浮满泪水，她动都不敢动，生怕眼泪滴信纸上。

她迅速把信折好放入抽屉，这时，眼泪重重滴下，被养父看到。

彼得叹口气："小英，别难过，我怎么会憎恨林茜呢，我吃醋罢了。"

英转过身去："我明白。"

她偕奥都公去参加养母婚礼，特地穿着得体礼服，一手拉着璜妮达。

英听见有人在身后问："林利子爵姓什么？"

另一人答："贵族不提姓氏。"

"一定有姓氏：摩纳哥王子姓格利莫地，英女皇姓温莎，从前德皇姓凯沙，俄皇姓罗曼诺夫。"

"让我想想，他母亲是露易斯公主，父亲是平民，叫安德鲁·钟斯。"

那人咕咕笑："那么就是老好钟斯先生太太了。"

小英微笑着转过头去看那两人一眼。

他们噤声。

林茜妈的感情得到归宿，小英非常替她高兴。

可惜嫁鸡随鸡，嫁子爵跟子爵，她又回到伦敦去。

那边的社交界可要热闹了。

英在八月十五一早买了鲜花水果，从十时整就坐在钟前静候。

钟面那枚分针像静止般动也不动。

似过了一整天，总算到了十时半，人呢？

会不会不来了？小英心悸。

电话忽然响起来，英吓一跳，一定是她打来推搪，避不见面。

那一头原来是朱乐家，英三言两语把他打发掉，挂上电话，重重叹口气。

　　就在这个时候，门铃蓦然响起，英吓得整个人弹高，她跳过去打开大门。

　　门外站着英想要见的人，她穿着咖啡色蜡染民族服，十分年轻，脸容身段与小英几乎一模一样，呵，是她了。

　　英想招呼她，但一时口干舌燥，一个字也说不出来。

　　英示意客人进来坐。

　　忽然英伸手过去，触摸她的脸颊，自懂事开始，英就想知道这是一张怎么样的面孔，没想到与自己这么相像。

　　对方握着她的手，两人有同样微褐色皮肤。

　　英把脸偎到她手掌之中，心中某处一点空虚像是被填满了。

图书在版编目（CIP）数据

雪肌 /（加）亦舒著 . —长沙：湖南文艺出版社，2019.9
ISBN 978-7-5404-9254-0

Ⅰ . ①雪… Ⅱ . ①亦… Ⅲ . ①长篇小说—加拿大—现代 Ⅳ . ① I711.45

中国版本图书馆 CIP 数据核字（2019）第 095639 号

上架建议：畅销·小说

XUE JI
雪肌

作　　者：[加] 亦舒
出 版 人：曾赛丰
责任编辑：薛　健　刘诗哲
监　　制：毛闽峰　李　娜
特约策划：李　颖　沈可成　雷清清　张若琳
特约编辑：王　静
特约营销：吴　思　刘　珣　焦亚楠
封面设计：利　锐
版式设计：李　洁
出　　版：湖南文艺出版社
　　　　　（长沙市雨花区东二环一段 508 号　邮编：410014）
网　　址：www.hnwy.net
印　　刷：三河市兴博印务有限公司
经　　销：新华书店
开　　本：775mm × 1120mm　1/32
字　　数：122 千字
印　　张：8.5
版　　次：2019 年 9 月第 1 版
印　　次：2019 年 9 月第 1 次印刷
书　　号：ISBN 978-7-5404-9254-0
定　　价：49.80 元

若有质量问题，请致电质量监督电话：010-59096394
团购电话：010-59320018